二見文庫

女教師の相談室

橘　真児

目次

女教師の相談室

プロローグ

薬品の匂いがたちこめていた。

アンモニア、それから硫黄っぽい感じもある。とにかく、リトマス試験紙にも反応しそうな、澱んだ空気であった。

冴えない色の薬品瓶が並んだ戸棚の前で、少女はペニスをしゃぶっていた。牡の饐《す》えた体臭と薬品の匂いにこめかみをズキズキとさせながらも、下半身を脱ぎ去った男の前に跪《ひざまず》き、一心不乱に頭を動かす。

「そう……もっと舌をからめて――」

フェラチオをされている男は、少女の頭に両手をかけ、さらなる動きを促す。少女は時おり喉の奥にまで肉の槍を押し込まれ、むせそうになるのを堪えて涙さえ浮かべた。

それは、従う者と従わせる者の関係を、あからさまにした光景であった。

(でも、あの時よりはマシかもしれない……)

以前、トイレの個室に連れ込まれて同じことをさせられたのを、少女は思い返した。

迸った精液が気管を塞ぎ、咳《せ》き込んだ少女は、和式便器に白く泡立った体液を多量に吐き出した。そうして涙を滲ませた顔に、男のエキスがさらに降りかけられたのだ。

(今日は、違うところにアレを出されちゃうんだ……)

そのことを思うと、しゃぶり慣れたはずの肉茎が、何か恐ろしいものに感じられる。

どうしてこんなことをしているのだろう——？

その思いは、常に少女の中にあった。

もともとのきっかけをつくったのは自分だし、今もけっして嫌々しているわけではない。むしろ、幼いだけの友人たちとは違い、大人の行為を楽しんでいることに誇らしささえ覚えていた。

けれど、なぜか心は満たされなかった。

「ク——、もういい……」

絶頂間近でいたいけな口唇愛撫をやめさせた男は、ペニスを断末魔のようにヒクつかせ、白く濁ったカウパー腺液をツーッと床に滴らせた。

少女はネバつく唾液を何度も呑み込みながら、男に促されるままに、薄汚れた床に仰向けになった。

男は少女のスカートを捲り上げると、あらわになった純白の下着の中心に顔を埋めた。

「ううン……」

羞恥と擽《くすぐ》ったさに、少女は頬を染めて喘いだ。

新陳代謝の活発な年頃である。少女のパンティは底のところに薄黄色いシミができており、糊が乾いたようなカサつきもあった。

その部分に鼻面を押しつけ、男はクンクンと鼻を鳴らした。チーズっぽい思春期の恥臭に、脳幹を悩ましく昂らせて。

男は少女のお尻を持ち上げさせると、張りついていた薄布を無造作に引き剝がした。ポワポワと十数本が萌えただけの恥丘と、そこに刻み込まれたすっきりした縦割れが目を射る。痛々しくも胸躍る光景であった。

脚を開かせ、閉じた割れ目を左右に広げると、赤っぽいピンクの粘膜が淫らな菱形をつくる。周囲をフリル状の粘膜で囲まれた生殖のための孔が、呼吸にあわせてヒクヒクと息づいていた。

「は……あ、あうーン!!」

悩ましい喘ぎが少女の唇から迸《ほとばし》った。男がもうひとつの唇に吸いついたのだ。ピチャピチャと舌を鳴らし、濃縮した酪乳臭を放つ悦楽の源泉を、飢えと渇きを満たすように舐めしゃぶる。

少女は逃げることなく、腰部をヒクヒクとわななかせた。積極的に悦びを享受するのは、この後に待ち受けている苦難を忘れるためかもしれなかった。

男が顔を上げると、少女は淫らに濡れた股間を晒したまま、ハァハァとせわしない呼吸を繰り返した。

「じゃ、いくぞ」

男は少女の両膝を立たせた。脚をM字型に開かせると、その中心に腰を進める。先端から熱い潤みを溢れさせるペニスが、痛々しく開いた少女の秘芯にあてがわれた。

(いよいよだわ)

少女の全身に緊張が漲る。自ら選んだ逃れられない運命に、覚悟を決めながらも不安は拭い去れなかった。

そのとき、なぜだか脳裏に母親の顔が浮かんだ。

（ママ――）

次の瞬間、激痛が体の中心を貫いた。

「あううぅぅっ!!」

ギュッと喰いしばった歯の間から、悲痛な呻きが洩れる。体内で小さな爆発が起こったような、ズンと突き抜ける痛みだった。

「よし、入ったぞ」

男の声が遠くに聞こえる。目を開けると、広くなった視界の中心に彼の姿が見えた。

（とうとう、しちゃった――）

嬉しいのか悲しいのか、自分でもよくわからなかった。

「動くからな」

男はそう告げると、密着させていた股間を離し、またぶつけてきた。

「ああっ、はあ――！」

呼吸が止まりそうになる。口を塞がれているわけでもないのに、なぜか息苦しさを覚えた。体内で動くものが剝き出しの傷口を擦り、鋭い痛みに頭の芯までズキズキした。

痛いだろうということは、最初から覚悟していた。それでも、自分で決めたこと。絶対に弱音を吐いたり、泣き喚《わめ》いたり、逃げたりしないようにと心に決めていた。

身も心も責めつけてくる破瓜の痛みを、少女は懸命に堪えた。溢れる涙もこぼすまいと、必死で虚空を睨みつけていた。

少女が抵抗しないのをいいことに、男は遠慮なくピストン運動を続けた。狭い膣の締めつけが、得も言われぬ快さを与えてくれる。強く抱きしめたら壊れそうな華奢な体に、男は猛々しい硬直を何度もえぐり込ませた。

「あふ、うう……」

切なげな吐息が少女の唇から洩れる。貫かれる痛みの中には、ほんのちょっぴりの悩ましさがあった。体内を掻き回されることで生じる、違和感の増幅した感覚。しかし、そんなもので、喪失感を悦びに置き換えられるはずもなかった。かえって絶望が募るだけ。

涙でぼやけてきた少女の目に、薄汚れた天井が映った。

（こんなところが、あたしのロストヴァージンの場所なんだ……）

ロマンチックな雰囲気などかけらもない。ただ欲望と好奇心を昇華させるだけの行為。自堕落な行ないには、むしろ相応《ふさわ》しい場所なのかもしれない。

「うう……」

小さく呻いた男が、股間をグッグッと押しつけ、やがて力尽きたように覆い被さってきた。

ジワッと温かいものが体内に広がる。その温かさが、穢《けが》された事実をよりリアルなものにしていた。

ヌルッと、小さくなった肉器官が膣から抜け落ちた。再び鋭い痛みがはしり、少女は切なげに呻いて全身をピクンと波立たせた。

気怠さがふたりを包み込む。身を重ねた少女と男の呼吸は、いつしか同じリズムを刻んでいた。

ほんの十数分間のことだったのに、いくつもの年を重ねた気がする。それは、その行為が早過ぎたことの証しだったのかもしれない。

だからと言って、後戻りなどできるはずがなかった。

失ったものへの惜別とこれからの不安が一気に押し寄せ、少女は胸を甘苦いもので詰まらせた。

第一章　疼きのままに

1

校内は、不気味なくらい静かだった。

平日の午後である。今は授業中のはず。なのに、物音ひとつ響いてこない。

特にこの場所は体育館から離れているから、走り回る彼らの足音や嬌声が届かないためもあろう。しかし、それにしても静かすぎる。

最上翔子《もがみしょうこ》は、中途半端な広さの部屋でただひとり、デスクの上に専門書を広げ、ぼんやりと活字を眺めていた。

ここ市立松城《まつしろ》東中学校は、県庁所在地のベッドタウンとして人口が急増した松城市の郊外、新興住宅地のほぼ中央にあった。十年前に創立したばかりの比較的新しい学校にもかかわらず、鉄筋四階建ての校舎はすでに色褪せ、なんとなく古びて見える。

学年十クラス、全校生徒数も千人を超えるマンモス校である。それだけの人数が集まっていてここまで静かということは、彼らはいったい、どんなふうに授業を受けているのだろう。

翔子がいるこの部屋の外には、『心の相談室』という札がかかっていた。新しく塗り直された白壁のせいもあって、妙に明るい部屋である。小ぎれいに整頓された部屋の中央には布張りのおしゃれな応接セットがあり、テーブルに置かれた一輪挿しが落ち着いた雰囲気を醸していた。

室内には他に、翔子用のデスクとスチール製の本棚、あとはガスコンロのついた小さな流し台と食器棚があるだけだ。いたってシンプルなこの部屋は、松城東中学のスクール・カウンセラーである彼女の仕事部屋、言わばカウンセリング・ルームであった。

「ふあ……」

若い女性としてはいささかはしたないの大あくびをすると、翔子は開いていた本をパタンと閉じた。

ここに勤め始めてから、一カ月になる。

二学期からの勤務で、今はもう十月。

秋の気配など微塵も感じられない、暖かな陽光が降りそそぐこの部屋にいると、特に午後などは、睡魔を堪えるのも苦痛なほどである。とても仕事などやっていられない。先月分の報告書もまとめなくちゃいけないし、そろそろ「相談室だより」の発行も考えなきゃとは思うのだが、どうもおっくうである。

(どうせ誰も、真面目にカウンセリングを受けようなんて思ってないんだろうし……)

不謹慎は承知の上で、口を尖らしてそんなことを思う翔子である。

事実、この一カ月の間に翔子が対応したのは、僅かふたりのみであった。それも、最近授業中眠くて仕方がないとか、部活動を引退したらすることがなくなってヒマでしょうがないという相談内容。どちらも特にカウンセリングらしきことをせず、雑談のみで終わったケースであった。

そういう他愛もない話題の中に、クライアント——相談者——の深い悩みが隠されている場合もある。翔子もそれは重々承知していた。

しかし、相談者は二名とも三年生の男子生徒。若い女性と二人きりで話ができるというので、面白がってきたというのが見え見えの態度であったのだ。

カウンセリングは応接セットで行なわれた。カウンセラーは、クライアントが話しやすい位置に自らを置く。正面に座るのは相手に威圧感を与えるため、あまり好ましくないとされる。しかし、その男子生徒はふたりともが、翔子の正面に座ることを希望した。

それがスカートの奥を覗くためであることに、彼女はほどなく気がついた。話しながら彼らの視線が、不自然にその部分に注がれていたのである。おまけに、こちらが声をかけても、ほとんど上の空で頓珍漢な言葉を返すだけだったのだ。

翔子は呆れ返り、適当に話を切り上げて出ていってもらった。

そういうものに興味がある年頃であることはわかる。だが、翔子が普段穿いているスカートなど、せいぜい膝上五センチぐらいのものだ。それこそ股を広げて座りでもしないかぎり、下着が見えることなどないはず。そんな無駄な努力をしてまで見たいのかと、おかしいやら情けないやらで泣きたい気分になった。

まあ、そうやって中学生の男の子たちに関心を持たれるのは、まんざら悪い気分でもなかったが。

二学期の始業式に、翔子は新任のスクール・カウンセラーとして全校生徒に紹介された。そのとき男子生徒たちの間から、「おおーっ」というどよめきにも似た歓声が上がったのである。それは、こんな綺麗な人が相談相手になってくれるのかという驚きと期待の入り混じった、思春期の少年たちにとってごく自然な反応であったろう。

大きな瞳とちんまりした唇が印象的な彼女は、実際の年齢よりも若く見えた。肩甲骨まである髪をうなじのところで無造作に束ねたヘアスタイルも初々しい。だから威厳が感じられず、深刻な相談を持ちかけようという気を起こさせないのかもしれない。

そのおかげで、中学生たちには親しみを持って迎えてもらえたようだ。特に相談があってというわけではないが、休み時間など、来訪者はけっこう多いのである。女子生徒がほとんどで、何人かでやってきては、あれこれとおしゃべりをして帰っていく。

これも実は、相談室——カウンセリング・ルームが気軽に訪れることのできる場所であるということを生徒たちに認識してもらうために、大切なことなのだ。こういう自由来室活動が盛んになることによって、子供たちの間に「あそこは安心していられる場所だ」ということが口コミで伝わっていく。そうすれば、相談を求める生徒も来やすくなるのである。

だからといって、スカートの中を覗くためにやってこられても困ってしまう。

(悩みを持っている子とか、けっこう多いと思うんだけどなあ)

翔子は確信していた。実際、こんなふうに授業中やたらと静かだというのも、気になるところである。生徒たちは、かなり抑えつけられているのではないだろうか。

翔子が新任カウンセラーとして紹介されたとき、男子生徒の中から湧き上がった歓声の次に起こったのが、

「静かにしろっ!!」

という、生徒指導担当教師の一喝であった。その瞬間、体育館に重苦しい空気が立ち籠め、にこやかに挨拶を述べようとしていた翔子は、言葉を見失って壇上に立ち尽くしてしまった。

大声を上げた当の教師だけは、みんなが静かになったことに気をよくしてか、やたらと得意そうな顔をしていたが。

(あれじゃあ、生徒たちが可哀相だわ)

子供らしい無邪気な反応までも奪われてしまう彼らの日常を思うと、胸が痛ん

だ。

普段の様子を見ても、細かい規則やほとんどゆとりのない校内生活など、生徒たちは徹底的に管理されているようである。彼らはかなりストレスフルな状況にあるはず。密かに悩みを抱いている子もいるだろう。

松城東中は、登校拒否の生徒も多い。管理教育が押し進められれば、それに適応できない生徒は校内に居場所を失い、登校できなくなる。教室に入れず、保健室登校をしている生徒もいる。

それなのに、そういう生徒たちがここを訪れることはない。

翔子は机に頬杖をつき、ため息をついた。

赴任したばかりのころは、子供たちのために何かしてあげられたらと、熱意と希望に満ち溢れていた。だが、特に何も起こらない平穏な毎日では、燃え上がっていた意欲も萎んでしまう。

もちろん、本当に何事もなく平和であるというのなら、それにこしたことはない。しかし、すべてが不透明なもので包み隠されたこの状況では、自分の無力さのみを思い知り、こちらがストレスを感じるばかりだ。

（もっと自由に、ここに来られるようになればいいんだけど……）

そうすれば、こんなふうに暇を持て余すこともないだろう。

生徒がこの部屋を訪れることができるのは、休み時間か放課後と決められている。授業中も出入り自由ということになってしまうと、サボリを目的とする生徒たちの溜まり場になるというのが、学校側の言い分だった。

けれどそれでは、本当に深刻な悩みを抱えている生徒、他の人には絶対に聞かれたくない相談を持ちかけたい生徒は、ますます来にくくなる。何しろそういう自由な時間は、先述のとおり生徒たちの出入りが激しいのである。

予約制にして、その時間は誰も入ってこられないようにしてカウンセリングをするシステムもとっている。けれど、誰にも見つからず部屋を出入りすることはむずかしい。誰が相談しているのかと、嗅ぎ回る生徒たちもいるだろう。

カウンセリング・ルームは防音工事を施してあって、戸がきちんと閉まっていれば、内部の声が外に洩れることはない。立ち聞きされる心配はないものの、後で「何をそんな深刻な話をしていたんだよ」などとからまれて、詮索されないとも限らないのである。

相談者にとっては、誰にも知られずにということが、一番重要なことだと思うのだが。

(保健室経由にすれば、授業中でもいいと思うんだけど)

具合が悪くなったことにしてまず保健室に行き、そこからここへ来るようにすればいい。そうすればサボリを目的にした生徒もストップできるし、誰に知られることもなく訪れられる。

ここの養護教諭とは、同い年ということもあって話が合う。これを提案したら、

「あ、それはいいわよねえ」

と、賛成してくれた。

しかし、まだ校長の許可は下りていない。次の職員会議の議題に取り上げると は言ってくれたが、望みは薄そうだ。

(ホント、管理職なんて、頭のカタい連中ばっかなんだから)

まあ教師なんて、大方がそうなのかもしれない。

そんなことを考えていたら突然ノックの音がして、翔子は飛び上がった。

「はい、どうぞ」

慌てて告げた声も裏返ってしまう。

ゆっくりと引き戸が開けられ、おずおずと顔を覗かせたのは、まだ初々しさの残る男子生徒であった——。

「はい、どうぞ」

少年をソファに座らせ、翔子は彼の前に紅茶のカップを置いた。

「ありがとう……」

小さな声で、それでもきちんとお礼を述べた少年を、翔子は好ましく思った。

彼が女の子でも通用しそうな、中性的な美少年だったためもあったかもしれない。

本来なら、授業中は生徒を入室させないことになっている。

「相談なら、放課後にしてもらえる？」

その言葉を、翔子は無下に告げることができなかった。彼が今にも自殺しそうなくらいに、思いつめた表情をしていたからである。

(何かあるんだわ——)

咄嗟にそう判断した翔子は、少年を室内に招き入れた。その時、部屋の出入り口をロックすることも忘れなかった。

「あなた、名前は？」

翔子は少年の右手側のソファに座ると、熱い紅茶を啜った彼がホッとひと息つくのを待って声をかけた。

「若杉《わかすぎ》……惇《じゅん》です」

「何年生？」

「一年生……あの、一年六組です」

そう告げてから、

「あの、これ……」

惇はポケットから四つ折りにした便せんを取り出した。

「あたしに？」

「はい……」

開いてみると、見覚えのある丸っこい字が並んでいた。

最上翔子様
突然でごめんなさい。

実はこの子、最近ちょくちょく保健室に来るようになったの。

なにか深刻な悩みを持っているみたいだから、話を聞いてあげてください。

私が相談にのってあげてもいいんだけど、なんか、ダメみたい。で、心の相談室には興味を持ってるみたいだったから、行ってみたらって勧めたんだけど、休み時間や放課後だと誰かに見られるからって、嫌がるの。だから、授業中で悪いんだけど、カウンセリングしてあげてください。校長から何か言われるようなことがあったら、私が責任をとりますので。

では、よろしくお願いします。

新條真実子《しんじょうまみこ》

養護教諭の真実子からであった。

手紙を読み終えた翔子は、穏やかな表情で少年を見つめた。

「最近、よく保健室に行ってるんだって？」

翔子の問いかけに、惇は視線を外しながら、

「うん……」

小さく頷いた。

「ふうん」

相槌をうった翔子は、ただ黙って惇の横顔を見つめていた。

沈黙が続いていた。

惇は下を向いたまま、翔子のほうを見ようともしなかった。

翔子は、焦ってはいなかった。必要になれば、彼は必ず何か言ってくるはず。ただ、それを待てばいい。

時間を気にする必要はない。カウンセラーとしての真価は、相手が喋ったときに問われるのである。

と、惇の唇が微かに動いた。

「……もう、ダメなんだ」

消え入りそうな声だった。ため息にも似た呟きだった。

「ダメ……なの？」

「うん……」

「ふうん、ダメなんだ……」

翔子は、惇の言葉を繰り返した。

「──どうして、ボクだけなんだろ……」

「惇クンだけ？」

「うん……たぶん……」

「たぶん？」

「いや……きっと……」

「きっと？」

「……うん」

そうやって、おうむ返しのように彼の言葉を繰り返したのも、カウンセリングの手法のひとつであった。

相手の言葉をそのまま返すことにより、彼自身に言ったことの意味を考えさせるのである。それにより、クライアントは自らの思いや考えを明瞭化し、整理することができるのだ。

惇は何か言いたそうに、モジモジと膝を揺すっていた。ひょっとしたら、なかなか本題に入れずに焦れていたのかもしれない。

（もうすぐだわ――）

少年がほどなくすべてを打ち明けてくれることを、翔子は確信していた。

しかし、惇が持ちかけた相談は、まったく思いもよらないものであった。

「……あの、見てもらいたいものがあるんです」

惇の言葉に、翔子は「ん？」となった。そして、立ち上がった少年がいきなりズボンのベルトをゆるめたものだから、度胆を抜かれる。

「ちょっと、あの――!?」

中途半端な制止の言葉など通用せず、ブリーフも脱ぎ下ろした惇の下半身が目の前に晒される。

「――!!」

翔子は、息を呑んでその部分を凝視した。

華奢な美少年の肢体は眩しいほど白く、この夏もまったく日焼けなどしなかったかのようであった。股間も清潔な感じで、性毛も生えていない。

ただ、大きめの陰茎が引力に従順なかたちでダラリと垂れ下がっていたのが、滑稽なほど不釣り合いであった。しかも先端がしっかりと剝け、ややピンクがかった亀頭粘膜をあらわにしていたのである。

学生時代は堅物《かたぶつ》で通っていた翔子だったが、セックスの経験はあった。初体験は中学の時だったから、かなり早いほうだろう。だから男性器官を目にするのは、初めてではない。

翔子が見とれてしまったのは、美少年のペニスとしては、惇のモノがあまりに立派だったからである。陰毛が生えていないのが奇妙に思えるぐらいに。

年上の女性が目を見開いて剝き出しの股間を眺めるのを、途方にくれたように見下ろしていた惇であったが、ふいにポロポロと涙をこぼし始めた。

落ちてくる雫に気がついた翔子は、少年の顔を見上げて驚いた。

「ちょっと、惇クン、どうしたの!?」

しかし、惇は何も答えず、ソファに泣き崩れてしまった。

なす術もなく、当惑するばかりだった翔子は、こちらにお尻を向けたあられもない姿で泣きじゃくる美少年を見つめ、いつしか胸を激しく高鳴らせていた。

2

惇は、五年生の終わりぐらいから、性器の先端の包皮が自然に後退し、ほどなく亀頭部全体が剝き出しの状態になった。

わざわざ剝いたわけではなく、いつの間にかそうなっていたという感じだったので、惇自身はこんなものなんだろうと思っていた。

四年生の時に死に別れた父親の性器も、たしかこうなっていたはず。それだけ成長した証しなのだという認識しか、彼にはなかったのである。

だから、まさかそのことで、クラスメートたちにからかわれるとは思ってもみなかった。

六年生の夏、水泳の授業で水着に着替えるときに見た級友たちのその部分は、先端まで皮を被ったロケット状の包茎ペニスばかりであった。いくぶん頭部が膨らんでいる者はいたけれど、惇のように雁首までしっかりと剝けたモノはいなかったのである。

以来、惇はクラスメートの男子たちに、「ズルムケ」とか「ムケチン」などと、表立ってではないがそう呼ばれるようになった。

善悪の境界をいとも簡単に行き来する子供たちにとって、抵抗する術を知らない少年は恰好の獲物であった。それは、猫がトカゲを弄び、結果的に殺してしまうのにも似ていただろう。

一足先に大人のペニスになった惇をからかう行為は、さらにエスカレートした。ある日の放課後、惇は少年たちに羽交い締めにされた。その日は担任が出張のため授業もほとんどが自習になり、子供たちは朝から落ち着きがなく、浮かれていた。だから、そんな行為も平気でなされてしまったのだろう。

「なにやってんのよぉ」

教室に残っていた女子たちがそれに気づき、彼らの前にやってきた。

「ああ、ちょうどいいや。オマエらにも見せてやるよ」

ひとりがそう言い、少女たちが興味深げに見つめる前で、惇のズボンとブリーフを脱がせたのである。

「キャッ、ヤダあ――」

少年少女の悲鳴と歓声が、教室にこだました。喧騒の中で下半身をあらわにしたまま、惇は怒りと悔しさでほとんど気絶寸前の体であった。

同様のいじめは、その後も繰り返された。多勢に無勢で、惇には抵抗するすべはなかった。

もちろん、先生や親に話すことはできない。そんな恥ずかしいことが、言えるはずがなかった。

中学に入れば、こんな酷い状況も解消されるに違いない。それが、惇に残された最後の希望であった。

惇の家は、松城東中の学区と、その隣の松城北中学校の学区の中間にあった。惇が通っていた小学校の児童は、ほとんどが松城北中に入学する。だが、彼の場合距離的には松城東中のほうが近く、どちらでも入学可能ということになっていたのである。

惇は、迷わず松城東中を選んだ。自分の肉体の秘密を知っている連中から離れ、からかわれたり虐《しいた》げられたりすることなく、安らかに生活したいというのが一番の理由であった。仲のいい友人と離ればなれになることは寂しくもあったが、再び嘲りや玩弄の対象になるよりは、新天地での不安のほうがマシだったのである。

もちろん、母親にはそんなことを打ち明けてはいなかった。友達と一緒のほうがいいんじゃないのという母親の言葉にも、勉強や部活で忙しくなるだろうから近い学校のほうがいいと返答したのである。最近北中は荒れているらしいという噂も、母親を説得するいい手助けとなった。

幸いなことに、同じクラスで松城東中に入学した生徒はいなかった。

入学式の日、惇は希望に胸を膨らませていた。これからはビクビクしないですむ。自分の肉体をオモチャにされることもない。前途は明るく輝いていた。

式の後、クラスごとに写真を撮ることになった。その時、惇は隣に並んだ男子生徒が、同じ小学校の出身であることに気がついた。

家は近所だが、クラスが一緒になったのは四年生の時だけである。あまり交流のなかった少年だ。どことなく暗い感じで、イジメられているなんて噂を聞いたこともあった。

（こいつも、いやなクラスメートから逃げてきたクチなのかな……）

そう考えると、なんだか同志のような気がして、惇はその少年に笑顔を向けて、

「やあ——」

と、にこやかに挨拶をした。

「ん……」

少年は驚いたふうに愛想のない顔を見せると、何やらモゴモゴと口の中で呟いた。

（なんだ、こいつ——!?）

惇は心の中で舌打ちした。なんとなく不快に感じたのは、その陰湿な態度がかつての自分を思い起こさせたからかもしれない。

「はい、それでは撮りますよ——」

カメラマンの言葉に、惇は慌てて前を向いた。ま、いいさ。とにかく、これから新しい日々が始まるんだから——。

その時、隣の少年がふいに小声で囁いた。

「お前、もうムケてるんだって？」

フラッシュが光り、惇の体は硬直した。

なぜその少年が自分の体のことを知っていたのか、惇にはわからなかった。たまたま誰かが話していたのを聞いたのか。あるいはかつてのクラスメートが、惇が違う中学に行くことを知って逃げられたとでも思い、同じ学校に進む彼にそれを教えたのか。

ともあれ、中学校も惇が安堵できる場所ではなくなったのである。

その少年——名前は遠野道夫《とおのみちお》といった——は、常に惇の近くにいた。そして、ことあるごとに彼のところに擦り寄り、薄笑いを浮かべながら、

「お前のアレって、もうオトナなんだそうだな」

などという台詞《せりふ》を呟くのである。

惇は、ほとんど生きた心地がしなかった。

暗い性格が災いしてか、なかなか新しい友人ができそうになかった道夫が、他の生徒たちにそのことをバラす気配はなかった。だが、いつかポロリと洩らしてしまわないともかぎらない。

彼は、どこか得体の知れない少年であった。

こんなことなら、最初の時にきっぱりと否定しておけばよかった。惇は激しく

後悔した。そうすれば、道夫もそんな話題をいつまでも引っ張ったりはしなかったであろう。悔やんでも悔やみきれない。

惇がビクついているのを、道夫は面白がっているふうであった。気を滅入らせた美少年がだんだんと言葉少なになっていくのに反比例して、彼は生き生きとしてきた。それは、獲物を捕えた猛獣の容貌を思わせた。

七月になり、水泳の授業が始まる。

着替えの時、惇は神経質なほどに周囲を気にした。誰にも見られないよう、離れた場所で素早く水着に穿き替えた。

中学生ともなると、小学生のようにガキっぽくはしゃいだり、他人の着替えにちょっかいを出す生徒などいないようだった。微妙な年頃であり、あるいは彼らのほうも発毛とかしていて、他人にかまうどころではなかったのかもしれない。

惇はひとまずホッとした。そんな中でも、道夫だけが意味ありげな視線をこちらに向けていたのが気になった。

夏休みが過ぎ、九月になる。水泳の授業も最後の日となった。

授業後、惇は他の生徒たちがほとんど出払ってから着替えを始めた。次は昼食時間だったから、そんなに急ぐ必要もなかった。

バスタオルを巻いて水着を脱ぎ下ろしたところで、いきなり更衣室のドアが開いたものだから、惇はびっくりした。

振り返ると、すでに制服に着替え終わったクラスメートが五人、ニヤニヤしながらこちらを見ていたのである。問題児というほどでもないが、何か悪戯をするときには必ず中心になっている連中だ。

その中に、なぜか道夫の姿もあった。

「なに……？」

怯える目を向けた美少年に、少年たちは嗜虐的な感情を募らせたようである。さらに悪辣な笑みを浮かべながら、半裸の惇を取り囲んだ。

「お前、もうムケてるそうじゃないか」

そう言ったのは、彼らの中でもリーダー格の少年だった。

とうとうバレた――!!

惇は、悔しさと恐怖で鼻の奥がツーンと痛くなるのを覚えた。目の辺りがジワッと熱くなる。

「ホントらしいぜ」

別の少年がニヤニヤ笑いを増殖させながら言う。

あとは言葉らしい言葉も交わさないまま、惇はバスタオルを奪われ、硬い床の上に仰向けに押さえつけられた。

「おお、ホントにムケてらあ」

「ケも生えてねえのによぉ」

「ひょっとして、毎晩シコッてんじゃねえの」

誰かがそんなことを言った。

実際には、惇は、まだオナニーの経験がなかった。

性器をからかわれた経験があったがために、性的なことには嫌悪感を抱いていたのである。

惇はただ恥ずかしさに身悶え、押さえつける級友たちから必死で逃れようとした。

「おい、道夫。お前がいじってみろよ」

リーダー格の少年に命令された道夫は、一瞬戸惑った表情を見せた。しかし、すぐに取り囲む輪の中心に入った。

おそらく惇の秘密を教えることで、仲間に入れてもらったのだろう。もの静かで可愛い顔立ちの惇は、女子のウケがよかった反面、男子たちからは快く思われていなかった。肉体の秘密のこともあってあまり男同士の交流を持たなかったから、スカしていると思われていたようだ。道夫の情報は、彼らを喜ばせたに違いない。

これからいったい何が行なわれようとしているのか。惇のみならず周りの少年たちも固唾をのんで見守る中、道夫はいきなり美少年のペニスを握った。

「わっ!!」

惇は慌てた。まさか同性にまでそんなことをされるなどとは思いもしなかったのだ。おぞましさに、彼は総毛立った。

「やめろよッ!!」

ジタバタと脚を跳ねる。

だが、道夫が手慣れた感じで握った手を上下した途端、全身に甘美な電流が流れた。

「はうっ!!」

呻いて、惇は硬直した。

「おい、感じてるぜ」

誰かが言った言葉を、惇はウソだと思った。だが、それは事実に違いなかった。

彼のペニスは見る間に膨張を始め、握った手筒から赤っぽく色づいた亀頭部を突出させるまでになったのである。

性的なことに無知であったがために、ほとんど条件反射的にそういう反応を示してしまったのだろうか。

惇にしてみれば、同性に触られて大きくなったことが、しかも快感を覚えてしまうことが、とても信じられなかった。

「やめろー!!」

叫んだ美少年の中心を、再び甘美な戦慄が駆け抜ける。惇はのけ反った——。

3

「それで……?」

翔子は、思わず問いかけていた。本当は、彼が自発的に話してくれるのを待たなければいけないのに、つい促してしまった。

美少年の告白は、翔子にこれ以上はない衝撃を与えていた。

「それで、どうなったの!?」

問い詰める語調も強くなる。

迫られて、戸惑った表情を浮かべた惇であったが、かえって話しやすくなったらしい。言葉少なに、以降の経緯を語った。

道夫に続いて、少年たちが代わるがわるペニスを触ってきたこと。やがてどうしようもなく体が震え、そしてとうとう——。

「射精……したの？」

翔子の言葉に、惇はコクリと頷いた。

おそらく彼らも、最初からそこまでするつもりはなかったのだ。道夫という少年を使って、ちょっとイタズラしてやれというぐらいの気持ちだったのではないだろうか。

それが、美少年のあられもない姿を眺めるうちに、おかしな気分になってしまったに違いない。翔子には、その場面が容易に想像できた。

息を荒げ、切なげに悶える可愛い少年。それを見つめる悪童たちの目は異様に輝き、ペニスを握る手にも力がこもったのではないか。きっと最後の瞬間に、彼らは歓声をあげたに違いない。いたいけな美少年が羞恥と屈辱にむせび泣くのを見て。

顔を真っ赤にして俯く惇は、股間をシャツの裾で隠しているものの、まだ下半身を晒したままであった。その姿は、翔子の官能を狂おしいまでに揺すぶっていた。

自分がその場にいたとしたら、おそらくいっしょになって彼のペニスを玩弄したであろう。そんな嗜虐的な感情がふつふつと湧いてくる。自分でも戸惑うくらいの、激しい情動であった。

「それで、その後は？」

もう、彼が話すのを待ってなどいられなかった。

「……その後も、また――」

「またオチ×チンいじられたの!?」

はしたない言葉を使ってしまい、翔子は慌てて口をおさえた。

「どこで？」

「あの、トイレとか、体育用具室とか……」

「同じ子たちに？」

「うん……あと、教室でも」

「ええっ!?」

「女子が三人ぐらいいて、いいもの見せてやるからって、その子たちの前で……」

その場面を思い描き、翔子は全身がカッと熱くなるのを覚えた。

放課後の教室。自由を奪われた美少年。少女たちも興味津々で見つめる中、下半身をあらわにされる。そして——。

想像に、翔子は思わず身を震わせた。

小学生の女の子たちの前で下着を脱がされた話も衝撃的であったが、中学生たちの、しかも男女数人が入り混じってのそういう行為は、性的な匂いがよりいっそう強く感じられる。淫らで妖しい雰囲気を湛えていた。

このとき翔子が抱いていたのは、美少年への同情や憐憫ではなかった。惇の立場に身を置いて可哀相と思うのではなく、若きカウンセラーは彼をいたぶる少年たちのほうに感情移入し、興奮を覚えていたのである。

(あたし……どうして——!?)

翔子の中に、何かがこみ上げる。

「じゃあ、女の子たちの前で、射精しちゃったの?」

「うん……」

惇は、また泣き出しそうになっていた。

「それで？」

「え？」

「その、女の子たちはどんなふうだったの？」

「……えっと、なんか、キャアとか言いながら、面白がってたみたいで」

おそらくその子らも、ごく普通の少女たちなのだろう。ところが、その場のあやしい雰囲気に流されて、逸脱した行為を楽しんでしまったに違いない。理性の箍《たが》を外したまま——。

翔子の中でも、理性が危うくなっていた。それがどういう素因によるのか、彼女にも判然としなかった。

「ボク、どうすれば……」

「甘ったれないで!!」

悲嘆にくれている少年に向かって放った叱声に、誰よりも驚いたのは翔子自身だった。

「そうやって精液を出しちゃったってことは、あなたもいじられて気持ちよくなったってことでしょ？　本当にイヤだったら、どうして逃げないのよ。もっと抵抗することだってできたはずよ。ホントはオチ×チンをシコシコされて、喜んでたんじゃないの⁉︎」

（なに言ってるの⁉︎　あたし――）

強い口調で美少年を叱責する己に、翔子は狼狽した。

カウンセリングでこんなふうに相手を罵倒することなど初めてである。いや、普段の生活でもしたことがない。特に、カウンセリングマインドという傾聴の姿勢を学んでからは、日常でも相手の話を聞くことに徹するようになり、何か言い返すなんてほとんどしたことがなかった。

それが、どうして？

何より驚いたのが、そうやって彼を罵ることに快感を覚えていたことである。惇はすっかり怯え、身を縮めていた。そんな美少年の様にも、小気味よさを覚える。

翔子は、股間をおさえていた惇の手を払いのけた。

「あ――」

あらわになったペニスも、所在なさげに縮こまっている。翔子は、それを無造作にギュッと握った。

「ヤダッ!!」

惇は慌てて逃げようとしたが、翔子はもちろん許さなかった。それどころか手指を巧妙に蠢かし、美少年の性器を玩弄し始めたのである。

「ああ……」

泣き声と悦びの混じった呻きがこぼれ、膝がガクガクと揺れる。年上の女性にペニスをいじられ、彼は明らかに快美を味わっていた。

若茎がたちまち勃起する。

「ほら、ヤダなんて言っといて、すぐにオチ×チン大きくしてるじゃない。やっぱりこうされるのが嬉しいんでしょ!?」

「そんな、ちが……あン――」

身悶え、少女のように喘いだ惇に、翔子の嗜虐心がいっそう燃え盛った。

血管を浮かせ、ガチガチに硬直している肉筒を乱暴にコスると、惇はたまらなくなったかソファに仰向けになった。腿をワナワナと震わせ、やるせなく擂り合わせる。

神聖な学校内で、年端もいかない美少年の性器を弄《もてあそ》ぶというシチュエーションに、翔子は言いようのない昂りを覚えていた。なんだろう、これは？　胸の内に湧き上がる黒い疼きは、翔子にさらなる責めの言葉を吐かせた。

「ホラ、先っちょからヌルヌルが出てるわよ。気持ちいいんでしょ⁉　ったく、こんなにビンビンにしちゃって。ここはしっかりオトナになってるのに、クラスメートにいじられたぐらいでメソメソしてんじゃないわよ。意気地なしなんだから！」

「ううっ、は――あああっ‼」

惇が悶えれば悶えるほど、翔子の官能は燃え盛った。カウパー腺液で滑りがよくなったこともあって、いっそう激しく上下運動を繰り返す。

「ホントは立派なオチ×チンを、あたしに見てもらいたかったんじゃないの⁉　こんなとこでパンツを脱いだりして、露出狂のヘンタイじゃない」

惇がポロリと涙をこぼす。信頼して相談を持ちかけた先生に罵倒され、どうすればいいのかわからなくなっている様子だ。

それでいて、若い勃起はいっそう力強さを増す。

「失礼にもほどがあるわよ。最初っからこうやっていじってもらいたかったんでしょ⁉　こんな、いっぱいカウパー出して、気持ちよさそうにしちゃって」

責められて、惇のペニスがさらに膨らむ。幹部は鉄のように硬く、広がったエラも槍の穂先を思わせた。

その向こうに、可愛らしい美少年が切なげに喘ぐ顔が見えるのである。ますます苛めたくなる。

「こんだけちゃんとムケてれば、もうセックスだってできるじゃない。そんな悪さにノッてくる女の子たちなんて、これでオカしちゃえばいいのよ」

熱に浮かされたように、次々とはしたない言葉を連発する翔子。もはやそれに戸惑いを感じることもない。むしろ嬉々として行為に没入していた。

間もなく、惇の腰ががくがくとふるえだした。

「ヤダ——、あ、出るぅー!!」

ガクンガクンと、エンスト直前の車のように、少年の全身がバウンドしたかと思うと、
ビュルッ——!!

白濁の汁が勢いよく迸り、それは覗き込んでいた翔子の頬をまともに射った。

「はああ、あう、ふうぅ——」

さらにヒクヒクとわななきながら、彼は濃厚なエキスをピュッピュッと放出した。

生臭い牡臭がムワッと広がる。

「ああ……」

射精後の気怠さに包まれ、惇は声も出ない。

美少年の射精シーンを間近で見物した翔子は、搾り取るような手指の動きで最後のひと雫をトロッと溢れさせると、大きく息をついた。ガックリと力尽きた少年のペニスから指をほどき、頰を伝う温かい粘液を手の甲で拭って、淫らにヌメるそれをペロリと舐めた。

「出しちゃった、いっぱい……」

嬉しそうに呟く翔子の胸は、充実感に溢れていた。

第二章　形状チェック

1

深刻化するいじめ、あるいは登校拒否の生徒たちに対処すべく、学校に「スクール・カウンセラー」の制度が試行的に導入されるようになって数年が過ぎた。

スクール・カウンセラーは、学校の組織とは一線を画した存在である。勤務する場所は校内だが、あくまでも外部からの専門家として学校に入っている。児童、生徒のカウンセリングをするばかりではなく、保護者との面接相談を行なったり、教師とのコンサルテーション――児童、生徒への指導や援助方法についての検討、協議――をしたりと、仕事の内容は多岐に渡る。

独自の規準でスクール・カウンセラーを導入しているところもある。教職経験者や民生委員、あるいは法務教官など、カウンセリング経験のある人材を活用し、その業務を委託するのである。その場合スクール・カウンセラーではなく、心の教育相談員といった名称を採る場合がある。

翔子もそのかたちで中学校の職員として採用された。大学院を修了したばかり、まだ二十四歳の若い彼女は、臨床心理士の資格を持っていない。もっとも、東京の私立大学で心理学を専攻した翔子は、認定心理士――こちらは文部省認定の社団法人日本心理学会が認めるもの――の資格はとっていた。

赴任して間もなく、彼女が思い描いていたものと現実とのギャップに落胆を覚えたのだった。


「おい、いいモン見せてやるから来いよ」

小嶋智恵美《こじまちえみ》が部活をサボって仲間ふたりと教室でおしゃべりをしていた時のこと。教室の隅で何やらゴソゴソとやっていた男子たちのひとりが声をかけてきた。

「なになに?」

代り映えのしない毎日に飽き飽きしていて、だからそういう怪しい誘いにもノッてしまったのだろう。智恵美はほかのふたりといっしょに、彼らの近くに寄った。

「きゃっ!!」

ひとりが悲鳴を上げ、智恵美も息を呑んで立ち尽くした。

少年たちの中心には、壁際に押さえつけられた少年がいた。しかも彼はズボンもブリーフも脱がされ、下半身を丸出しにしていたのである。

「何してんのよ、あンたたち。こういうのって、イジメじゃない!!」

智恵美が正義感を振りかざして言うと、

「そうよ。かわいそうじゃない」

別の少女も怒りをあらわにした。

脱がされていたのがクラス一の美少年の若杉惇で、取り囲んでいた男子はワルぶっている連中だったから、少女たちも義憤にかられるものがあったのであろう。

「違うよなあ。オレたち、こいつをヨロコバしてやってんだからよぉ」

少年たちのリーダー格が、他に同意を求めた。

「そういうこと」

ひとりが返答し、他の連中も一様に頷いた。

「どういうことよ!?」

憤然と問い返した智恵美に、

「まあ、見てなって」

リーダーの少年はそう告げると、無防備に股間を晒している少年の前にしゃがみ込んだ。

惇は、もはや抵抗しても無駄だということがわかりきっているのか、羞恥で顔を真っ赤にしながら、肩を落として俯いていた。

怒りをあらわにした智恵美も、美少年のあられもない姿にいつしか胸を高鳴らせた。

彼のペニスの先端が剝き出しになっていて、彼女の知っている皮を被った「オチ×チン」とは違った外観を呈していたことも、少女の密やかな昂揚を誘っていた。

「こいつ、こんな可愛い顔してんのに、ここは一人前だもんな」

言いながら、少年はだらりと項垂れているペニスを無造作に握った。

「ク……」

惇の細腰がピクリと揺れ、切なげな吐息が洩れる。

「ほら、気持ちよがってるだろ」

さらに手を上下に動かすと、美少年はますます悶え、息を荒げた。

「ウソ、大きくなってる……」

両手で口元を覆っていたひとりの少女が、目を見開いて呟いた。

惇のその部分はグングンという感じに膨らみ、上向きにそそり立ったのである。

その猛々しさは、中学生の少女たちには脅威的であった。

「これがボッキっていうんだぜ。こうなるってことは、こいつもコーフンしてるってことなんだから」

美少年の猛りきった器官を握り、悪ガキは楽しそうにリズミカルな運動を続けた。

（男の子たちって、みんな、いっつもこんなふうにアソコをいじりあったりしてるのかしら……？）

胸が焦がれるような情景を眺めながら、智恵美はそんなことを思った。

女の子同士でも、冗談っぽく抱き合うことはけっこうある。だけど、こんなふうにハダカのアソコをいじったりなんて、シタことはもちろん、見たこともない。

それこそホンモノのレズになっちゃうもの。

（この子たちも、ホモってわけじゃないだろうけど……）

きっと相手が可愛い男の子だから、イタズラ半分でこういうことができるのだろう。目を閉じて、切なげな吐息を間断なく洩らしている美少年は、女の子の目から見ても色っぽい。だからこそ、こんな妖しい気分に胸が震えてしまうのだ。

「何か出てる……」

智恵美は思わず呟いていた。

赤っぽく膨らみきっている先っちょの割れ目から、透明な液体が滲み出ていたのである。粘膜に滴るそれはヌメヌメと妖しく光り、淫らな光景を際立たせた。

「それ、精液……？」

少女のひとりがおずおずと訊ねる。

「違うって。これはガマン汁。気持ちよくなると出てくんだよ」

ペニスを玩弄していた少年は、さっきまでの威勢がすっかり陰をひそめてしまった少女たちを見上げ、下品な笑みを浮かべた。

「オマエらだって、ヌレてんじゃないのか？」

それに反論できる少女はいなかった。ただ息をつめ、何かが起こりそうなその部分をじっと見つめるだけ。

ふいに、惇がガクガクと腰を揺すった。

「あ、はああっ——!!」

切なげな喘ぎが洩れた途端、
ピュルッ!!

白濁の塊が宙に飛んだ。

「ヤンッ!」

智恵美は思わず悲鳴を上げた。

ポンプ式の容器からハンドクリームを出すときみたいに、勢いよく白い液体が迸る。それは、人間の体に起こっているとは信じられないぐらいに、不思議な光景であった。

(スゴい——。精液って、こんなふうに出るんだ……)

心臓がドキドキと鳴っている。アソコのところが、妙に熱い。

「ハァ……ハァ……」

射精を終えた惇は肩を落とし、荒い息をついている。

濡れた指をポケットティッシュで拭った少年が、振り返って満足げな表情で言った。

「どうだ。オマエらもやってみるか?」

初めて目にした男の子の射精シーンは、鮮烈な光景として脳裏に焼き付けられた。

その晩、ベッドに入ってからも、智恵美はなかなか寝つかれなかった。目をつぶると頭の中に美少年の生々しいペニスと、そこから白いモノが迸る場面が浮かんでくるのである。肉色と白濁色の淫らな記憶に、秘部はいつの間にか夥《おびただ》しく濡れていた。

智恵美はとうとうガマンできなくなって、濡れた中心に指を這わせた。

「んンッ――」

パンティの上からそっと触れただけで甘美な電流が流れ、エッチな呻きが洩れてしまう。いつもと全然違う、胸が締めつけられる切ない感覚――。

小学六年生でオナニーをおぼえた智恵美だったが、習慣化しているというほどではなかった。

テレビドラマでベッドシーンを見てドキドキした後とか、雑誌に載ってたエッチな記事を読んでコーフンしたときにスルぐらいで、せいぜい月に二、三回のペースだったのである。それも、パンツの上からアソコをスリスリするという可愛らしいやり方で、感覚もぼんやりとキモチよくなる程度のもの。じんわりとヌレてはいたが、「イク」なんてことはまだ知らなかった。濡れ方もそうだし、腰が気怠く重くなる感じも、これまでになかったことである。

（やん、いっぱいヌレてる……）

指先で引っ掻くようにして、智恵美は何度も敏感な一帯をコスッた。

下着の底が内部から溢れるものでジットリと濡れそぼる。ワレメの上部、ツンとした尖りにタッチすると、全身が快さに震えた。穿いていたのはお気に入りのキャラクタープリントのやつだったから、汚してしまうことにかなり抵抗があったものの、指の動きは止められなかった。

（ちーのオマ×コ、すっごくヨクなってる……）

心の中の呟きも、淫らなものになっていた。

間接的な愛撫ではもどかしくなって、智恵美はパンティの中に手を入れた。まだ薄い茂みを越え、指をワレメの谷間に差し込むと、そこはヌルッと温かだった。嘴《くちばし》状のフードの下で、クリトリスもカタくなっている。ちょっと圧迫するだけで、ズウンと快美がよじ昇ってきた。

（あ、キモチいい――）

智恵美は指先に愛液をまとわりつかせると、敏感な粘膜をクチュクチュとイタズラした。

「はうっ……」

眉間にシワが寄り、喘ぎも震えてしまう。

初めての本格的なオナニーに、智恵美はたちまちのめり込んでいった。気持ちいいポイントを探り、そこを執拗に攻撃する。ジュクジュクという感じで愛液がとめどなく溢れ、自分がこんなにヌレやすい体質だったことに、おマセな少女は驚いていた。

(惇クン――)

脳裏に、あられもなく身悶える美少年の姿が浮かぶ。勃起したペニスと、そこから迸る精液。蘇った光景が興奮を増長させた。

(ボッキしたオチ×チンって、どんななんだろ。ちーもさわってみたいな。なんか、ゴツゴツしてそうだけど……)

そんなことを考えると、ますます胸が高鳴ってきた。ヌルヌルになった花弁が指先にまといつき、その淫らな感触がさらなる昂揚を誘った。

(惇クンのオチ×チン、おっきかった。ちーの手でも握れるかな……？　でも、ちーがシコシコしてあげたら、惇クンもセーエキ出してくれるかしら――）

いつしか智恵美は、両手をパンティの中に差し入れていた。左手で陰唇を広げ、右手で内部をまさぐる。ツンと尖り切っているクリトリスにも、指先をヌルヌルと擦りつけた。

「ああンッ!!」

やるせない悦びに、全身がヒクヒクと痙攣した。

このまま続けるとどうなってしまうのか、智恵美は未知の快美に恐れを抱いた。だからといって途中でやめることもできず、クリトリスを中心に秘唇を嬲り続ける。

爆発を待つ悦楽の溶岩が体内に溜まってくる。それは線香花火に似ていた。グツグツと煮え滾《たぎ》った炎の塊から、火花がパッパッと弾け飛ぶ。それらは次第に勢いを増し、やがて最後の瞬間を迎えるのである。

「は、ああアッ、ヤ――ああーっ!!」

悦びが破裂する。全身がバラバラになるのを智恵美は覚えた。無意識のうちに喉から激しい喘ぎが迸り、熱くなった肌から汗が滲む。

「イクぅ――う、ううーン……！」

十三歳の少女は、初めてのオルガスムスに到達した。

2

「ふう……」

ソファに座り、翔子は小さくため息をついた。

今日も快晴で、外には秋の陽光が燦燦と降り注いでいる。なのに、彼女の心は晴れなかった。

（どうしてあんなことになっちゃったんだろ……？）

翔子は、ため息をつき、昨日の出来事を思い出した。

射精した後、ソファにぐったりと仰向けになった惇の横にすっくと立ち、翔子は彼を見下ろした。

「いい？　そうやって集団でイジメをするヤツらなんてのは、こっちが怯えたりイヤがったりするとますます図に乗ってくるの。どうせひとりじゃ何もできない臆病な連中なんだから、弱いところを見せたりしないで堂々としていなさい。そうすれば、むこうも手出しできなくなってくるから。もしまたオチ×チンいじられるようなことがあったら、そいつらの顔に精液をかけてやればいいわ。そして、『この短小包茎!!』って、逆にバカにしてやるの。わかった!?」

惇はゆっくりと目を開け、眩しそうに翔子の顔を見上げた。ふっきれたという表情であった。

と、その視線がちょっと動いたかと思うと、たちまち頰が紅潮する。

スカートの奥を下から覗かれたことに、翔子はすぐ気がついた。

「なに見てんのよ。このエッチ坊やったら」

むしろ嬉しそうに翔子は言った。

「やっぱりキミもスケベな男の子なんじゃない。パンツが見えて嬉しい？　なんなら、もっと見せてあげようか」

翔子はゆっくりとスカートをたくし上げた。ストッキングを穿いていない、ムチッとしたナマの太腿があらわになる。さらに、股間に喰い込むピンクの下着まで。

惇は瞬きもせず、息を詰めて官能的な光景を見上げていた。萎えていたはずのペニスが、たちまち膨張を開始する。

「あン、また大っきくなってる。ヤらしいんだからァ」

腰までスカートを捲り上げた若きカウンセラーは、パンティ丸出しの姿ではしゃいだ声をあげた。

しかし、惇の目は真剣そのものだった。

「なんか、濡れてる……」

「え!?」

中心をじっと見つめていた少年がポツリと洩らした言葉に、翔子は慌ててそこに指を這わせた。

布が二重になった底の部分は、たしかにジットリと湿っていた。美少年をいたぶりながら、こちらも激しく興奮していたということなのか。ナイロン製だから、おそらくシミがはっきりと浮かんでいるはず。

「ヤあだ、もぉ、なに見てんのよぉー」

翔子はいきなりソファにとび乗ると、惇の顔の上にしゃがみ込んだ。

「え——!?」

いったい何が起こったのかを理解する前に、美少年の顔は若い女の股間で潰されていた。

「ムうぅー!!」

濃厚な甘酸っぱい恥臭に、惇はむせかえった。翔子は彼の足のほうを向いて座り込んでいたから、顔全体にヒップの重みがかかって窒息しそうであった。

だが、苦しいと思ったのは一瞬のことであった。

「ア……」

ゾクゾクするわななきが、惇の全身を駆け巡った。

えも言われぬ芳香が牡の本能を昂らせ、のしかかる豊満で柔らかな感触が官能をみなぎらせる。屈辱など感じなかった。惇は、激しく興奮していた。

ググッと、その部分に血液が集中する。

「うわ、すごいじゃない!」

翔子の歓声を遠くに聞きながら、惇は濡れた窪みを鼻先でグリグリと刺激した。

「あ、ヤあん……」

翔子の腰がうねうねと動く。

彼女も興奮状態にあることを悟り、美少年はクンクンと鼻を鳴らしながら頭を動かした。両手で太腿や、パンティに包まれたお尻を撫でながら。

「エッチぃ……」

翔子も再び惇の硬直を握り、巧みな上下運動を開始した。

分が悪いのは、やはり惇のほうであった。魅惑的な女性に顔面騎乗の責めを受け、おまけにペニスまでしごかれているのである。絶頂への戦慄が背骨を駆け抜ける。

そのとき、惇は手とは違う感触をペニスに感じた。

「ああっ——!!」

ヌルッとしたものが敏感な先っちょに絡みつく。さらに、チュパチュパと吸われる感覚——。

翔子にフェラチオをされていることを悟った惇は——もちろんその行為の名称までは知らなかったが——たちまちオルガスムスの高みへと放り上げられた。

畏れ多さと感激につつまれて、彼はありったけの精液を若い女性の口中に放った。

(久し振りに呑んじゃった……)

そのことを思い出すだけで、翔子は口の中になま温かいモノが広がるのを感じた。独特のむせかえるような香気も蘇ってくる。

そうやって甘美な記憶を反芻しながらも、なんだっていきなりあんな行動を起こしてしまったのかと、思い悩む翔子であった。

あれが自分の本質だったのだろうか。あんなふうに相手を罵《ののし》り、いたぶることを欲していたというのか。

あるいは、可愛らしい少年のあられもない姿を目にして、錯乱してしまったのだろうか。サディストか、それともショタコンか。どっちにしても、ロクなものじゃない……。

カウンセラーとして、これまでは相手の話を聞くことに徹してきた。たとえ言いたいことがあっても黙っていた。ひょっとしたら、そのせいで欲求不満が鬱積し、それが爆発してしまったのではないだろうか。

つまりあれは、一種のストレス発散行為だったのでは？

翔子は、そんなことも考えた。

不思議なことに、罪悪感は少しも湧かなかった。いたいけな男子中学生の性器を弄んだというのに。ただ、自分の衝動を疑問に思うだけなのである。

このことがバレたら、当然断罪されるはずである。スクール・カウンセラーが校内で男子中学生と淫らな行為に耽ったなど、大問題であろう。

教育現場に関する不祥事には、マスコミは大喜びで飛びつく。間違いなく吊るし上げをくうだろうし、社会的生命を抹殺されるのは確実である。

それなのに、マズイことをしたという気が少しも起こらない。べつに開き直っているわけでもないのだが。

と、小さくノックの音が響いた。

「はい？」

授業中だから、生徒がくるはずはない。いや、ひょっとしたら、味をしめた惇がまた来たのではないか——。

淫らな期待をちょっぴり抱きながら、翔子は引き戸を開けた。

そこに立っていたのはセーラー服の、ショートカットで小柄な女生徒であった。

翔子は、落胆の色を隠せないまま、

「なに？　相談なら、休み時間か放課後にしてもらえる？」

そう機械的に告げて戸を閉めようとした。

「あの、待ってください」

女生徒は慌てて戸をおさえ、半身を室内に滑り込ませた。フワッと、思春期の甘いミルク臭が漂い、翔子は思わず手を止めた。よく見ると、あどけない顔をしたなかなかに可愛らしい少女である。

「あの、小嶋智恵美っていいます。一年六組で、えっと――」

少女は自己紹介をし、ちょっと言い澱んでから、

「同じクラスの若杉惇クンのことで、聞いてもらいたいことが……」

縋《すが》るように翔子を見つめてきた。

3

放課後の教室で惇が射精するのを見せられたという智恵美の告白に、翔子はとりあえず驚きの表情をつくってみせた。彼から話を聞かされた後でなかったら、本当に仰天していたところである。

それでも、この可愛らしい、まだ幼さの残る少女が受けた衝撃を思うと、痛々しさを感じずにはいられなかった。

「それから、どうしたの？」

翔子が訊くと、智恵美は記憶を手繰る表情になり、

「えっと、そしたらすぐね、ミッコが泣き出しちゃって、男の子たちもシラけた

みたいになって行っちゃったの」

思春期の少女にはかなりショックな光景だったろう。当然の反応である。智恵美の話は、惇の言っていたことと多少くい違っていた。彼女たちはそんなに面白がっていたわけでもないようだ。まあ、被害者の立場である惇には、最後まで見物していた彼女らが、共犯者のように思えたのだろう。

「そっか。大変だったのね。——で、相談したいことって、そのこと?」

翔子は思い出したように問いかけた。

「ん、まあ、関係ないわけじゃないけど——」

それまであっけらかんと一部始終を語っていた智恵美が、急に言い澱んだ。

「相談ってことは、自分のことなんでしょ?　それとも、その泣いちゃった友達のこと?　あ、ひょっとして、惇クンのこととか」

もはやカウンセリングではなく、尋問になっていた。

「いちおう、自分のコトなんだけどぉ……」

歯切れの悪い智恵美の態度に、翔子は苛立った。彼女がクライアントであることなど、すっかり忘れて。美少年の射精を最後まで見物していた少女に、内心嫉妬していたのかもしれない。

「じゃ、どんなことよ!?」

「……そんな、キツく言わなくてもいいじゃない」

ブチブチとこぼした智恵美は、それでもようやく決心がついたか、

「あの、ひとりエッチって、やっぱ、ヤリすぎちゃヤバイのかなって……」

「はあ!?」

予想もしていなかった質問に、翔子は目を丸くした。

惇の射精を目撃して以来、智恵美は淫らなひとりアソビにすっかり病みつきになってしまったのだという。あの晩味わった切ないまでの悦びが、中学生の少女の自制心を狂わせてしまったのだ。

ベッドに入ってからはもちろんのこと、お風呂場でシャワーをアソコに当てて悶えたり、勉強机の角に股間をコスりつけたりなんてことも日常となった。

自宅だけではない。学校でも授業中ちょっと退屈してくると、スカートの横開きのところから手を差し入れて、パンティ越しにアソコをいじる。また、放課後、誰もいないトイレでしたりと、オナニー狂い少女になり果てていたのである。

オカズはもちろん、惇の射精シーンであった。自分が彼のペニスを握り、美少年をさんざんに悶えさせてから精液を迸らせる場面を思い描き、智恵美は狂おし

い悦びに浸っていた。

特に保健室のベッドが、校内ではお気に入りの場所であった。

「――あのね、ホントは今も、保健室で休んでることになってるの」

悪びれもせず、智恵美は告白した。

「でも、たぶん真実子先生は気づいてないと思うけど。ベッドの中に毛布を丸めて入れておいたから、ちょっと見ただけだと、いなくなったってわかんないんじゃないかな」

智恵美はペロッと舌を出して、悪戯っぽく笑った。

「じゃ、べつに具合が悪かったわけじゃないのね？」

「うん。お腹痛いって、ウソついちゃった」

仮病をつかうとは、なかなかの知能犯のようである。オナニー目的で保健室のベッドを利用するのも、造作もないというわけか。

「じゃあ、今日もオナニーするためにウソをついたの？」

「ううん。今日は、ここに来たかったから」

「オナニー中毒の相談で？」

中毒とまで言われて、智恵美は不服そうに頬を膨らませた。

「そこまで言わなくっても……」

「でも、そのとおりでしょ？」

軽くツッコんだ翔子に、智恵美はほんの少し声を落とすと、

「あのさ、惇クン、昨日ここに来たんだよね？」

唐突な質問をぶつけてきた。

「そんなこと、あなたに答えるべきことじゃないと思うけど」

秘密厳守はカウンセラーの鉄則である。翔子は智恵美の問いかけを一蹴した。

「でも、ちーも昨日、保健室にいたんだけど」

智恵美は上目づかいで翔子を見つめた。

「聞いてたんだ、真実子先生と惇クンがなんかコソコソと話してたの。それで、惇クンが保健室を出ていったの」

「なあに、昨日も保健室でオナニーしてたの!?」

話題を逸らすために、翔子はそんなことを言ったのである。表情には出さなかったものの、智恵美が昨日の惇の行動を知っていたことに、内心はかなり動揺していたのだ。

「だってえ、なんかモヤモヤして、ガマンできなかったんだもん。でも、お昼休

みにいったから人が多くて、それでみんながいなくなるまでベッドの中で待ってたの。そしたら、五時間目が始まってすぐくらいに惇クンが来て――」

「でも、保健室のベッドって、カーテンで仕切られてるんじゃなかった？　寝てたら、顔なんか見えないでしょ」

なかなか信じてもらえないことに、智恵美は不満の表情を浮かべた。

「だって、声が聞こえたもん。それに真実子先生も、『また来たの？』なんて言って、けっこう深刻そうな話をしてたの、全部聞いちゃったんだ。んで、『手紙を書くから、心の相談室に行ってみなさい』って、それで保健室を出ていったんだもん」

ちょっぴり頬を膨らませて言う。

近くに同じクラスの生徒がいたにもかかわらず、無神経に話を進めた真実子に、翔子は歯嚙みする思いであった。どうせベッドで寝ている生徒のことなんて、忘れていたのだろう。

「ねえ、惇クン、何の相談だったの？」

「気になる？」

「そりゃ……」

「ひょっとしたら、教室であなたたちに見られたことについてかもしれないから?」

智恵美はほんの少し考える素振りをみせてから、コクリと頷いた。

「やっぱ、ほら、気になるじゃん。ちーもまったく関係がないわけじゃないんだし。もし何か気にしてるんだったら、なんか、悪い気もするし……」

どうやらオナニーのことよりも、智恵美は惇のことが気がかりのようである。ひょっとしたら自分の相談よりも、こうやって赤裸々な話を持ちかけ、あわよくば彼のことを聞き出せたらというのが本当の目的なのではないか。

美少年を思って過度の自慰行為に耽るぐらいだ。惇に抗い難い感情を抱きつつあるのは間違いないはず。もっとも、それが純粋な恋愛感情かどうかはわからないが。

もちろん昨日の出来事を、智恵美に話すことはできない。それに、これ以上惇について詮索されるのもマズい。ここは、なんとか誤魔化さなければ——。

「それよりも、まずあなた自身の相談から解決しなくちゃね」

とっさにこれからの展開を考えついた翔子は、つとめてドライな口調で告げた。

「じゃ、見てあげるから、脱ぎなさい」

この台詞に、智恵美は目をパチクリさせた。

「それって、え⁉　どういう……」

「どうせ、オナニーをやりすぎて、アソコの形がヘンになったんじゃないかって、そういう相談でしょ。わかってるんだから」

智恵美は呆気にとられて固まってしまった。

「──そんな、ちーはべつに……」

「違うの？　だって、今どき回数そのものが妥当かどうかなんて訊くコは滅多にいないし、むしろ感じないけど不感症なのかしらっていうのが多いぐらいだわ。あなたの場合も、それだけ夢中になってヤッてるってことは、べつに罪悪感を感じてるワケじゃないんでしょ？　だったら、あと悩むったら、性器の形状についてぐらいだもの」

「……オナニーすると、アソコの形が変わっちゃうの？」

不安げな表情を見せた智恵美に、翔子はしめたと思った。

「まあ、それだけヤッてれば、ちょっとは変化してもおかしくないと思うけど。色が濃くなったり、一部が大きくなったりとか。そんなことない？」

智恵美はいくぶん蒼ざめた顔になった。思い当たるところがないわけではないのだろう。

そのため、

「ホラ、パンツ脱いでごらんなさい」

という翔子の言葉に、彼女はためらいながらも中腰になり、スカートの中に手を入れてブルマーとパンティをいっしょに脱ぎ下ろした。

翔子はテーブルをずらし、スカートをおさえて肩をすぼめる少女の前にしゃがんだ。

「じゃ、脚をあげて」

そして、待っていられないとばかりに、両足首を摑んで持ち上げ、彼女にM字開脚の姿勢をとらせた。腿の付け根までスカートがめくれ、股間がすっかりあらわになる。

「やぁだ……」

羞恥で真っ赤になった智恵美は半ベソの表情であったが、翔子はそんなことにはおかまいなく、少女の剝き出しの秘部に顔を寄せた。

生ぬるくミルクっぽい体臭がたちこめるそこは、微かに柔毛が煙るだけの幼い眺めであった。

未発達をあからさまにしている陰裂からは、端っこが薄いスミレ色になった花弁がちょっぴりはみ出していた。まだ男を知らない、まっさらな処女であることが一目でわかる外観である。

「カワイイ……」

思わず呟いてしまう翔子であった。

「こうやって見るかぎりだと、べつにヘンじゃないわね。まあ、ただのワレメちゃんだったところから見れば、ちょっとくらいはみ出してるところもあるだろうけど」

曖昧な言い回しに、智恵美はますます不安を募らせた様子だった。これなら、うまくこっちのペースに引きずり込めそうである。

「ちょっと広げるわよ」

翔子は智恵美の大陰唇に両の親指をあてがうと、左右に割り開いた。

内側の粘膜も、色素の薄い透き通るようなピンクであった。分泌液に光が反射している様は、宝石のきらめきにも匹敵する処女の危うさを示す。心なしか、芳しい匂いも強まったようである。

と、割れ目の上部、嘴状の包皮がクッと持ち上がり、中からツヤツヤした真珠がとび出しているのに気がついた。

「あ、スゴい――」

翔子は、うまい具合にいい材料を見つけられて、にんまりと微笑んだ。

「本当に、けっこうオナニーしてたみたいね。クリちゃんがだいぶ発達してるわ」

わざとイジワルな口調で言うと、智恵美はますます赤くなった。

「こんなだと、普段でもちょっとコーフンするとすぐに大きくなって、パンツんとこにコスれちゃうんじゃない？」

問うと、智恵美はモジモジしながらもコクリと頷いた。

「声、出ちゃうこともあるの……」

「なるほどね」

これではついついオナニーに耽ってしまうのも、仕方ないのかもしれない。翔子は指先で、ビンビンに自己主張をしている肉の芽をチョンと突いた。

「あァンッ!!」

それだけで智恵美は、びっくりするぐらいの大きな声をあげた。

「感度も良好ってわけか……」

十三歳のおマセなクリットに、翔子はちょっぴり嫉妬を覚えた。

「ま、これだけ感じるってことは、将来充実したセックスライフが送れるって保証されたようなモノだわ。感じなくて困ってるとか、不感症じゃないかって悩む人もいるぐらいだから、贅沢な悩みってとこね」

わざと冷たく言い放つと、智恵美はかえって心配になったようだ。

「でも、こんなトコだけ大きいなんて、ひとりエッチしてたのがバレバレになっちゃわない？　スケベなコだって思われたりとか。それにこんな大きいの、なんか、異常なんじゃないかって思われたり」

「へえー……」

翔子は思わせ振りな笑みを浮かべた。

「そうするとあなたは、誰かにこのエッチなブブンを見てもらいたいと、そういうことを考えてるわけね」

「あ――」

たちまち智恵美の頬が紅潮した。

「誰に見せたいのかなあ。ひょっとして、惇クンとか？」

「違うってばあ、もう――!!」

ムキになって反論する少女に、翔子は不思議な胸の昂ぶりを覚えた。この子を、もっとイジメてあげたい。許しを乞うて泣き叫ぶぐらいに、メチャクチャにしてやりたい――。

それは惇のときに湧き上がったのと同じ、衝動的な嗜虐心と征服欲であった。

翔子はあらわになったままの智恵美の中心に、いきなり顔を埋めた。

「あ――!!」

驚いた智恵美が腰をひねったときにはもう遅く、少女の湿った縦割れは、年上の美女の唇に捕えられていた。

「やああっ、はううーっ!!」

智恵美はガクガクと腰を揺すり、悩乱の呻きを撒き散らした。

翔子の舌は少女の敏感な粘膜をすべて味わい、舐めしゃぶり、膨らみきったクリトリスもレロレロと転がした。

成長期の恥臭は甘酸っぱく濃厚で、翔子には不思議と好ましく感じられた。ほんのりしょっぱみのあるぬるい液体がジクジクと滲み出て、薄くルージュをひいた唇を淫らにヌメらせる。

(やだぁ、こんなの……)

智恵美は初めて味わう不思議な感覚に酔っていく。

「ハァ、ハ……ああっ、はうう――、ン、ア……」

両脚をやるせなく蠢かし、強襲する快美に翻弄された。

（すっごい。体が飛んじゃうみたい――）

お尻の穴とワレメの間がキュウンと引きつれるみたいな感覚。指で一点集中的にクリトリスを擦るのよりももどかしく、やるせないのであるが、それだけに悦びが全身に染み渡るようであった。

オナニーでは得ることのできない、卓越した快感――。

（ヤダ――。ちーってば、女のひとに舐められて感じちゃってる……）

もっとも、そのことに少しも抵抗感が湧いてこないのは、相手が美しい年上の女性だからなのか。

弄ばれているというよりも、イイコイイコしてもらってるみたいな感じ。だから安心して、淫らな舌技に身をまかせられるのである。

そして翔子のほうも、中学生の少女が悦楽に身悶えるのを楽しみながら、敏感な粘膜地帯を執拗に口撃していた。

内側のヒダをレロレロと舌先で擽り、硬くなっているクリットをチュウと啜る。

悦びに智恵美の腿がしなり、腰がわななく。

その正直な反応な反応も喜ばしかった。ますますクンニリングスに熱が入る。

「ヤ……あァン、ダメ――、イッちゃうよぉ……!!」

泣き声にも近い愁訴に、翔子は聞く耳など持たなかった。むしろ面白がるように、ヒクヒクと息づいているワレメを舌と唇で嬲り続ける。

「あ、イク――!!」

智恵美の腿がブルブルと震え、翔子は美少女がオルガスムスの波を捉えたことを悟った。

「ううっ、はあ、ああああぁぁぁッ――!!」

ガクガクと全身を揺らして、おマセな少女はあられもなく絶頂を迎えた。

その瞬間、ジワッと溢れ出た淫靡な湧水を、若きカウンセラーは喉を鳴らして啜り込んだ。

第三章　淫らな手ほどき

1

「惇クン——」

帰り際に廊下で呼び止められ、惇は振り返った。

「もう帰るんだったら、ちょっと付き合ってくれない？」

声をかけてきたのが、普段そんなに話したこともない小嶋智恵美だったものだから、惇は面食らった。

それに、いつか悪童たちに強制射精させられたのを見られた相手でもある。そのことを思い出し、美少年は顔を赤らめた。

「なに？」

「いいから——」

智恵美はそう言って、惇の袖を摑むとグイグイ引っ張った。

戸惑いを顔に貼りつけたまま、少年はその強引な誘いに従った。

これまでの惇だったら、そういうワケのわからない展開には怯えていたところである。だが、以前のひ弱な美少年から脱却した彼には、

(何があるんだろう?)

と、あれこれ思いを巡らす余裕さえあった。

翔子のカウンセリング(?)を受けて以来、惇は悪童たちにも堂々と対処できるようになっていた。あの翌日も放課後の教室で取り囲まれたのであるが、決して怖じ気づくことはなかった。

「こんなことをして、何が楽しいんだ?」

蔑むような目で見下してきた惇に、少年たちは呆気にとられた。

「なんでえ、この前までうじうじしてた奴が!」

リーダー格の少年が苛立ちを隠せずに言った台詞にも、

「ふん、そんなことは関係ないね。そういえば、お前らはまだムケてないのか?」

涼しい顔で言い返した。

「ホーケー君の嫉妬なんて、みっともないだけだよ」

ここまで言われては、彼らはどうすることもできなかっただろう。逆に劣等感をかき立てられ、悔しさに唇を歪めるばかりであった。

もし逆上した彼らにまた弄ばれるようなことになっても、惇はされるままにするつもりであった。なんなら、

「もっとウマくやってくれよ」

なんて要求してやろうとも考えていた。

だが、所詮は弱い者イジメしかできない、中学生の未熟なコドモたちである。優位に立った相手に向かっていけるだけの度胸など、持ち合わせてはいなかった。

「チェッ、なんでぇ」

負け惜しみの捨てゼリフを残して、少年たちは解散してしまった。中でも道夫は、憎々しげにこちらを睨んでいた。

もっとも、そうやって惇が彼らをいなすことができたのは、ただ翔子に対処法を教わったからというものではなかった。

年上の女性と「オトナの行為」をしたことで自信が芽生え、それで精神的に強くなれたから、悪童たち相手に堂々としていられたのである。翔子との戯れが、

惇を文字通り一皮むけた男にしたのだ。

だから、こうして智恵美の後に従っていけたのも、もうどんな状況にも対処できる自信があったからであった。

そして智恵美のほうも、彼の著しい変化を感じ取っていた。

いつも自信なさげにオドオドビクビクしていた美少年が、ここ何日かで見違えるほど凜々《りり》しくなっていた。俯きがちだった姿勢もしゃんとしたものになり、周囲を見渡す視線にも、達観した者が持つ余裕がうかがえたのである。

「なんか、惇クンって、変わったよねえ」

あの時、いっしょに彼の射精シーンを見せつけられたクラスメートも、様変わりした少年を遠くから見つめ、そんなことを呟いた。そして、彼女の頰がちょっぴり赤くなっているのを見て、智恵美はドキッとした。

もともと美少年だから、女の子ウケする要素は持っていたのである。ただ、陰気で卑屈な態度が魅力を半減させ、外見ほどに人気が出なかっただけのこと。爽やかな笑顔を見せるようになれば、女子の人気もうなぎ登りだろう。

（このままじゃまずいわ——）

と、智恵美は思った。

翔子の濃密な口唇愛技でオルガスムスに達した後、智恵美はグッタリした体を年上の女性に優しく抱かれ、耳元でこう囁かれた。

「あなた、本当はオナニーのことなんかより、惇クンのことが気になって仕方ないけど、どうすればいいのかわからないってのがホンネなんでしょ？　まあ、いきなり勃起したペニスとか、射精するところを見せつけられたワケだから、本当に好きなのか、それともただエッチな気分になっているだけなのか、わからないのも無理ないわ」

翔子は優しく智恵美の髪を撫で、耳たぶを舐めるようにして熱い吐息を吹きかけた。

「そういうときはね、行動あるのみよ。自分がしたいと思っていることを、実際に彼にシテあげるの。そうすればきっと、自分の気持ちがはっきりするはずよ――」

好奇心旺盛な少女には、それは悪魔の囁きであった。絶頂後の気だるさにまみれて朦朧としていた智恵美の頭に、その言葉は静寂の中の木霊《こだま》のように響いた。

それで暗示にかけられたというわけでもなかったが、翌週、智恵美はアドバイスを実行に移すことにしたのである。

「ね、ちょっとこっち――」

智恵美が惇を誘い込んだのは、人けのほとんどない特別教室棟のはずれにある、身障者用トイレであった。

学校も公共施設である以上、誰でも利用できるように設備を整えねばならない。だから近年新しく建てられた校舎には、車椅子用のスロープや、体が不自由でも使用できるトイレ等が完備されている。

もっとも、未だに障害児は養護学校へという風潮が強いため、施設を整えてもそれを必要とする者がほとんどいないのが現状である。ごくたまに、骨折をして一時的に不自由な生活を余儀なくされるようになった者が利用するぐらいで、このトイレもずっと鍵がかけられた状態だったのだ。

その閉ざされた扉を、スカートのポケットから取り出した鍵で智恵美が開けたものだから、惇は少なからず驚いた。

「どうしたの、それ?」

「いいから――」

実は翔子に調達してもらったのだが、そんなことをいちいち説明していたら、話がややこしくなる。

智恵美は辺りを見渡して誰もいないことを確認すると、惇の袖を引っ張って薄暗い室内に誘い込んだ。

利用者がいないので電源も切られており、明かりをつけることはできない。仮にできたとしても、そんなことをすれば中にいるのがバレてしまうし、それにロックしたときに外の使用中ランプが点いてしまうから、むしろ都合がいいとも言えた。まだ夕方の早い時間だから、窓からの明かりだけでなんとかなる。

智恵美は、トイレとしてはやけに広々とした空間の奥に少年を誘い、自分は太く頑丈な手摺りに囲まれた洋式便器に腰を下ろした。

目の前にちょこんと座っている同級生の少女を見下ろし、惇はあからさまに困惑の表情を浮かべた。

「なに……？」

恐るおそる尋ねる。

智恵美は、渇いた喉に無理やり唾を流し込んだ。今になって迷いが生じてくる。しかし、せっかくここまで来たのだ。勇気を出して目的を遂行せねば――。

「惇クン、前に、ちーたちにセーエキ出すとこ見せたよね」

ちょっぴり震える声で少女に言われ、惇はたちまち赤くなった。

「あれ、もう一回見せてほしいの」

いくら年上女性との淫靡な行為を経験ずみとはいえ、中学生になって半年あまりの少年を驚愕させるのに、それは十分すぎる台詞であった。

「それって……え――!?」

あまりのことに硬直してしまった惇であったが、

「早く脱いでっ!!」

ためらいを払拭させる強い口調の命令に、思わずベルトに手をかけてしまう。

智恵美はさすがに恥ずかしくて、向かい合った美少年と視線を合わせることもできなかった。真っ赤な顔で俯いたまま、

「……今日は、ちーがヤッてあげるから」

小さな声で囁いた。

こんな場所に連れ込まれたのである。淫らな期待を抱いていたことも事実だ。

だが、こうもストレートに物事が運ぶと、逆に不安にもなってくる。

それでも、異性への欲望が急速に湧き、オナニーの習慣も確立されつつあった思春期の少年に、「ヤッてあげる」のひと言はどんな疑心をも吹き飛ばす威力があった。

大いなる期待とちょっぴりの不安に胸を震わせながら、惇はベルトをゆるめ、ファスナーを下ろした。

学生ズボンとブリーフをまとめて脱ぎ下ろすと、華奢な美少年の生白い大腿部があらわになる。肝心なところは、ワイシャツの裾に隠れて見えない。

「それ、上げて」

言われるままにすると、だらりと垂れ下がった肉棒が、少女の前に晒された。

（また、同じクラスの子に見られちゃうなんて……）

羞恥を感じつつも胸がときめき、惇の身体が小刻みにふるえる。

またコクリと、智恵美は唾を呑んだ。

剝けきった先端は、初々しいピンク色をしている。

しかし、あからさまに粘膜を露出した状態では生々しすぎて、カワイイなんてとても思えない。おまけに、見せつけることで興奮を覚えているのか、それは徐々に膨らみはじめていたのである。

「ピクピクしてる……」

見たままの感想を智恵美は述べた。

「コーフンしてるの？」

「え!?」

「なんか、おっきくなってるよ」

そう言う間にも惇のペニスは容積を増し、水平に近いところまで持ち上がった。

「さわったりしなくてもボッキするの?」

「……うん」

「ちーに見せてるから?」

「……うん、たぶん――」

「へえ……」

肉体の一部が変化するのを目の当たりにして、十三歳になったばかりの少女は、一種畏敬の念に囚われた。

――どうしてこんなになっちゃうんだろう。すっごい不思議な感じ。これがアソコんとこに入って、それで赤ちゃんができるんだよねえ――。

智恵美は、しげしげとクラスメートの性器を見つめる。

――でも、ホントに入るのかな、こんなの? 痛そうな気もするし、でも、案外キモチいいかもしんない――。

怖いような悩ましいような、未知の感覚に智恵美は胸をときめかせた。

「さわっていい？」

熱っぽく瞳を潤ませた少女に尋ねられ、惇は間髪を容れずに頷いた。いつしか彼の欲望も、ペニスと同じく疼きまくっていたのである。

ためらいがちに、しかし確実に、智恵美の指は美少年の猛々しい肉筒に絡みついた。

「あ――」

ジワッと広がる快さに、惇は熱い吐息を洩らした。

（気持ちいい……）

悪童たちに握られるのとは全然違う。握りはむしろ弱々しくもどかしいのに、いたいけな手指の感触は到底彼らの敵ではなかった。心の底から感動が立ち昇ってくる、悩ましくも極上の悦びであった。

「かたあい……」

最大限に張りつめているペニスをキュッと握り、智恵美は囁くように言った。それは青紫の血管を浮かせてグンッと反り返り、少女の掌の中でヒクヒクと震えていた。怖さと頼もしさを併せ持った、肉色の槍――。

あのとき、悪童がそうしていたのを思い返し、智恵美はゆっくりと手を上下に動かした。

「く……」

快美の呻きが美少年の唇からこぼれた。ちゃんと感じてくれている。智恵美はなんとなく嬉しくなって、さらにリズミカルに上下運動を続けた。

「ん……ああ、ク、ふ……ぅ」

惇の膝はガクガクと揺れ、今にも崩れ落ちそうなわななきを見せる。ミニトマトみたいにピチッと張りつめた亀頭の先端から透明な粘液が滲み出し、いつしか少女の可憐な指を妖しいヌメリで彩っていた。

クチュクチュ、ニチャニチャと、卑猥な音が小さく響く。次第に大きくなるその音は、少年の昂りを如実に示していた。

どうしてこんなことになったんだろう——？

襲い来る快美の中で、惇はふとそんなことを思った。現実に同級生少女の愛撫を受けながらも、なんとなく夢を見ているような気分であった。

オナニーのときには早く射精して、あのめくるめく快感を味わいたいと思う。しかし、今はむしろ、射精するのはもったいないという気持ちになっていた。

この悦びをずっと味わっていたい。いつまでもこうしてペニスをしごかれていたい。

そんな熱望が、彼に非現実的な思いを抱かせるのかもしれなかった。

「あう……ン――」

智恵美の指が亀頭の段差を擦り、そこから腰が砕けそうになる快美が走った。回避しようと思っても、射精欲求は確実に高まっている。全身が敏感になってお り、どこを触られてもピクンと反応してしまいそうな状態だった。

立っているのもやっとなほどになり、惇は体を前に倒すと、智恵美の両脇にある手摺りに摑まった。

すぐ目の前にまで少年の上半身が迫り、智恵美は彼の甘酸っぱい汗の匂いを嗅いだ。あまり男臭さを感じさせないそれが、彼女をますます悩ましい気分にさせる。

そして惇も、少女から立ち昇る甘ったるいミルク臭に嗅覚を奪われ、五感を完膚無きまでに翻弄されていた。

翻弄されているといっても、支配されるという屈辱的な状態ではない。こちらも積極的に享受する姿勢になっていることが大きいのであろう。快感は、精神状態と大きく関わっている。

体の真下にヌメった滾りが押し寄せる。

積層されるそれは、彼をやるせなく悶えさせた。

やはり馴れていないから、手指の愛撫はぎこちないのである。もどかしい、でも、気持ちいい。

性技に精通したベテランなら萎えてしまうところだが、オナニー歴も浅い童貞の少年にはちょうどよかった。

快感曲線はボーダーを突破し、最後のわななきが惇の全身に襲いかかった。

「あ、出ちゃう——!!」

切羽詰まった声に、智恵美はさすがにうろたえた。

「出るの!?　セーエキ」

「うん、も、イク——」

そして本当に、少年のペニスはビクビクと痙攣を始めた。

このままだと制服にかけられちゃう——。智恵美は右手でシゴき続けたまま、左手でトイレットペーパーをむしり取った。

「ああ、う——」

膨らみきった先端から白濁の奔流がドッと溢れ、智恵美は間一髪のところでそれをペーパーで受け止めることができた。

生臭い匂いを放つ粘液は、脈打つ肉筒から次々と溢れ出た。薄紙にたっぷりと沁み、智恵美の指にも熱さを伝えた。

最後の一滴まで気持ちよく精液を迸らせた惇は、フラつきながらもどうにか上体を支え、少女の掌の中でゆっくりと強ばりを解いていった。

2

「ふーん。じゃあ、ちゃんと手で出させてあげたんだ」

翔子は心から感心して頷いた。

ここは心の相談室。ソファに腰掛けている彼女の前には、智恵美と惇がいた。ふたりは俯きかげんに、モジモジと身を揺すっている。

ついさっき、イケナイ戯れを終えたばかりなのである。

「で、どうだった？」

翔子に尋ねられ、智恵美はきょとんとした表情を浮かべた。

「どうって……？」

「惇クンのこと、やっぱり好きみたい？」

言われて、思わず隣の美少年の顔を見た智恵美は、たちまち真っ赤になった。

「――そんなの、わかんない……」

消え入りそうな声で呟く。

「惇クンは？」

「え!?」

「智恵美ちゃんにいじられて、気持ちよかった？」

惇も頬を赤く染めると、黙って頷いた。

「いっぱい出たんでしょ？」

「……うん」

「じゃ、智恵美ちゃんのコト、けっこう気に入ったんじゃない？」

すぐ横にいる少女に視線を走らせた惇は、しかし、ほんの少し首をかしげただけだった。

「ま、まだよくわかんないか……」

翔子はローティーンの幼いカップルを微笑ましげに見つめると、立ち上がって入り口の戸をロックした。外には『相談中　入室禁止』の札が出ているから、これで邪魔される心配はない。

「じゃ、もっとエッチなこと、してみよっか」

謎めいた笑みを浮かべながら提案する年上のカウンセラーを、美少年と美少女は眩しそうに見上げた。

「ほら、ここのとこ。この皮がキュッって集まっているトコがキモチイイのよ」

下半身丸出しの状態で、おまけに脚を広げてソファに座っている惇の前に、翔子と智恵美は並んで跪いていた。

ほんの三十分も前に射精したばかりのペニスは再び雄々しくそそり立ち、ふたりの前にゴツゴツした裏側の部分を見せつけていた。

それを興味深げに覗き込む四つの瞳は、好奇心にキラキラと輝いている。

翔子はヒクヒクと息づいている先端に鼻を近づけると、大きく息を吸い込んだ。

「精液の匂いがする……。ホントに出しちゃったんだね」

悪戯っぽい目で見上げてくる翔子から、惇はバツが悪そうに視線をはずした。

「ね、見ててね」

翔子はすぐ横にいる少女に告げると、ツヤツヤした光を帯びている亀頭部にレローッと舌を這わせた。

「あ——」

少年の細腰がビクンとわななく。

さらにペロペロと棒付きキャンディーでも舐めるみたいにすると、惇はますますやるせなく全身を波打たせた。

「それ、フェラチオってやつ？」

恐るおそる訊いてくる智恵美に、

「そうよ。よく知ってるじゃない」

翔子はにこやかに答えた。

「でも、こんなのはまだ序の口。本当はこうやって——」

そう言って、今度は大きく開けた口で先端の膨らみをかぷっと咥え込む。

「あ、うああ——」

惇は体をのけ反らせて喘いだ。

さらに翔子がチュパチュパと吸いたて、舌を絡みつかせながら頭を上下させると、美少年は身も世もないといったふうに身悶えた。

「ただ咥えるだけじゃダメなのよ。ちゃんと舌も使って、キモチよくしてあげるの。唇でシゴくみたいにして、さっき言ったとこなんかをレロレロッてしてあげると、男の子はすぐイッちゃいそうになるわ」

口を離し、握った幹を軽く上下にシゴきながら、翔子は中学生の少女にレクチャーした。

「じゃ、やってみる？」

訊くと、智恵美はコクリと頷いた。

どうなるのかと半ば怯えた視線で惇が見下ろす中、智恵美は翔子と交替してペニスを握り、年上の女の唾液で濡れた肉筒に唇を寄せた。

テロッ——。

子猫のように可憐な舌先が、敏感な粘膜に触れる。その瞬間、甘美な電流が脊椎を貫き、

「あう——」

惇は全身をビクンと脈打たせた。

ひと舐めして吹っ切れたのか、智恵美はチロチロと積極的に舌を這わせてきた。言われたとおりに、鈴口の下の三角地帯を攻撃してくる。

汚れなき少女の唇が、不浄な器官に触れている。

それは信じられない光景であった。あまりの快美に、少年の肉茎はビクビクと痙攣を見せた。ほとんど射精時に近いヒクつきである。血流も倍増し、海綿体の硬度もかつてないほどで、全体がガチガチになっていた。

「あううっ――!!」

さっき翔子がしたのと同じように、智恵美はヘルメット状の亀頭を口いっぱいに頬張った。

さらにモグモグと深く呑み込むようにし、舌をからませてくる。時おり、こぼれそうになる唾液をジュルッと啜りながら。

智恵美の口内は翔子よりも熱かった。狭いからそう感じるのか、それとも本当に体温が高いのか。ともあれ、惇は少女の生々しい感触に感動を覚えた。

智恵美はゆっくりと頭を上下させながら、チュパチュパと吸ったり、舌先を段差に擦りつけたりした。

中学生の少女に、フェラチオはかなり窮屈そうだ。口に入れるだけで精一杯という感じである。

それだけに、背徳的な悦びが増大する。しかも校内で、制服姿の少女に淫らな施しを受けているのだ。ロリコン趣味がなくても、妖しいときめきに身震いしてしまう。

断末魔のわななきが、再び少年の下半身を襲った。

「あ、ヤバ――」

慌てたように身を揺すった惇に、翔子はそれと気がついた。

「出ちゃう!?」

問われて惇は、快美の震えに合わせてガクガクと頷いた。

何が起ころうとしているのか気づかず、夢中になって頭を動かしている智恵美に、翔子は耳打ちした。

「惇クン、イッちゃいそうよ」

智恵美はピクッと肩を震わせ、さすがに動きを止めた。

「このまま止めないでシテあげて。彼の、呑んであげるといいわ」

そう言われて、ためらいをあからさまに浮かべた智恵美であったが、惇が、

「ああ、もう……」

と喘いで、腰をバウンドさせたことで覚悟を決めたようだ。その動きに合わせて、再び頭を動かし始める。

「出る――!!」

少女に先端を含まれたまま、惇は夥しい樹液を迸らせた。

「グ――」

口中に溢れるなま温かい液体に、智恵美は上下運動を停止させた。青臭い匂いが鼻腔にまで漂ってくる。それに怯む間もなく、精液は後から後から湧出する。

（やーん、そんなに出さないでぇ――）

もちろんそんな願いが通じるわけもなく、二回目とは思えないほどのドロドロした粘液は、少女の口中いっぱいに溜まった。

「フ――くぅ……」

ひとしきり腰部をわななかせた惇は、激情のたぎりを出し尽くすと、ガックリと脱力した。ソファの背もたれに体をあずけ、大きく胸を上下させる。

しかし、クラスメートの少女が自分の肉茎を咥えたままなのに気づき、さすがに罪悪感がこみ上げてきた。だからといってどうすることもできず、困惑しきった少女の顔を見つめるだけ。

まだ硬さを解かないペニスを含んで、智恵美も硬直していた。口の中に溜まった奇妙な匂いと舌触りの淫汁を持て余して。

「こぼさないようにね。ゆっくり顔をあげるのよ」

翔子のアドバイスに従い、智恵美は唇をキュッとすぼめたまま、恐るおそる顎を引いた。

唾液と粘液にヌメッったペニスが全貌をあらわにし、ほどなくツルッと唇からこぼれ、少年の下腹部に横たわった。

しかし、ザーメンはまだ口の中に溢れている。智恵美は泣きそうな顔で翔子を見た。口中の粘液を、どうすればいいのか迷っているらしい。

「さ、呑むのよ」

翔子は厳かな口調で、唇を淫らに濡らしたままの少女を諭した。

もはや他に術はないと観念したか、智恵美は目を瞑って香り高いエキスを呑み込んだ。喉に引っかかってむせそうになるのを、懸命に堪えながら。

少女の喉が上下したのを見届け、翔子は満足げな笑みを浮かべた。

「ほら、こうやって呑めるってことは、智恵美ちゃん、やっぱり惇クンのこと好きなのよ。好きでもない男の子の精液なんか、フツー呑めないもの」

そんなふうに言われても、智恵美は口中に残るネバネバした感触に、いつまでも顔をしかめていた。

3

「今度は、惇クンの番よ」

少年と少女のポジションを交替させると、翔子はそう告げた。

そして、まだ気味悪そうに口をモゴモゴさせている智恵美の、セーラーのリボンをほどいた。

松城東中の女子の制服はごく普通のセーラー服だが、ファスナーがサイドについた頭から被るタイプではなく、前ファスナーで全開にできるものであった。

「知ってるか？　前開きのセーラー服って、もともと風俗やエロ本関係でしか使われてなかったんだぜ。だけど横ファスナーだと、満員電車とかでそこから痴漢に手を入れられちゃうってことで、前開きのやつがもてはやされるようになったんだってさ」

大学時代、翔子は訳知り顔の男友達からそんな話を聞かされたことがあった。

翔子自身、高校のときはセーラー服であった。それはサイドと襟元だけにファスナーがついたやつだったから、この学校の少女たちの制服に違和感を覚えたのもたしかだ。

まあ、くだんの男友達の言が本当かどうかは知らないが、前開きだと脱ぎ着が簡単なのは間違いない。採用の理由はそれだろう。ゆっくり着替えさせる時間も惜しいのか。何事にも効率を求める、管理の徹底した学校らしい選択だ。

(でも、これだと、エッチするのも便利よね)

今まさに智恵美のファスナーを下ろしながら、翔子はそんなことを思った。

制服の下に智恵美が着けていたのは、スポーツタイプの簡素なブラであった。カップが余り気味のようであるが、べつに見栄をはっているわけではなく、成長期の敏感な先っちょに布地が擦れないようにと思ってのことなのだろう。

これは翔子にも経験があるからわかる。膨らみ初めの乳首は、ちょっと何かが触れるだけでもピリッとしたり、痛痒かったりするのだ。

翔子が初めて男の愛撫を受けたのもそんなころで、ピンクの突起を吸われたときには、快美よりもむしろ擽ったさに身悶えした。処女を散らしたのは、それから間もなくのことであった——。

感慨の面持ちであらわになった下着を眺めている年上の女性に、智恵美は、

「なにするの……?」

恥ずかしそうに身を縮めて尋ねた。

それで我に返った翔子は、とりつくろうように悪戯っぽい笑みを浮かべると、

「今度は、智恵美ちゃんをキモチよくしてあげるからね。見本を見せてあげるから、惇くん、見てなさい」

そう言って、少女のヤワな胸を覆う布地を上にずらした。

「ヤン」

思わず両腕で胸を隠そうとした智恵美であったが、翔子はそれを許さなかった。同級生の少年も見つめる前で、幼くも精緻な膨らみが全貌をあらわにする。半球よりはむしろ平べったい三角錐に近い思春期の乳房は、頂上の突起も米粒ほどしかなく、色も肌の色に溶けそうな薄桃色であった。

「ああン……」

羞恥で、智恵美が真っ赤になる。半ベソの表情であった。

「カワイイおっぱい……。まだ中学生だもんね」

翔子は微かに震えている尖りに、そっと口づけた。

「ヒッ――」

智恵美は息を吸い込み、背筋をしなわせた。さらに翔子がチロチロと舐め回すと、

「ふう……ン、んンッ、は——あうぅ」

切なげに喘いで身悶えた。

女同士の淫らな戯れを、惇は放心状態で眺めていた。仲間に入りたい気持ちもあったが、なぜか気後れを感じてしまい、智恵美の胸元で妖しく動く翔子の後頭部をただ見つめるだけであった。

その視線に気づいたのか、翔子はチュプッと唇をはずすと、背後の少年を振り返った。

「ホントはキミにも舐めさせてあげたいとこだけど、ここは結構ビンカンだから、乱暴にされると痛いだけだし、今日のところはガマンしてね」

言われて、惇は素直に頷いた。

翔子の唾液に濡れた智恵美の乳頭は、さっきよりもツンと尖っていた。たしかに触れるだけで壊れてしまいそうな、弱々しいたたずまいである。ヘタに手を出さないほうが無難のようだ。

智恵美はグッタリとなって目を閉じ、背もたれに頭をのせてハァハァと可愛らしい喘ぎを続けていた。

そんな彼女の両脚を、翔子は容赦なく持ち上げた。M字開脚の姿勢をとらせるとスカートが捲れ、真っ白な大腿部と、ブルマーに包まれた股間があらわになった。

「はい、お尻上げてね」

意識が朦朧としているのか、智恵美は命じられるままに腰を浮かせた。

翔子は内側のパンティごと、ブルマーを一気にはぎ取った。

鮮烈な光景が、中学一年生の少年の目を射る。

自分と違って、僅かだが柔毛が煙っている。その下に、赤っぽく色づいた秘裂があった。

ただの一本線ではなく、ちょっぴり肉片がはみ出した姿は、幼い頃に見た従姉妹たちのワレメとは違っていた。

初めて目にする、女性の神秘の部分——。

「あ、やあン!!」

ようやく気がついたのか、智恵美は脚を閉じて恥ずかしい部分を少年の視界から隠そうとした。しかし、翔子がしっかりと膝を固定していたので、それはままならなかった。

「ダメよ。智恵美ちゃんも惇クンのを見たんだから、ちゃんと見せてあげないと」

そんなふうに言われても、素直に従えるものではない。智恵美はさらにジタバタともがいた。

「ワガママな子ねえ」

埒があかないとばかりに、翔子は美少女の剝き出しの股間に顔を埋めた。

「はうっ!!」

智恵美はのけ反って呻いた。

さらにチュパチュパと吸いしゃぶる音が響き、中学生の少女はガクガクと全身を波打たせた。

「あ……ふあぁ、はうっ、ウ、くうううっ――」

智恵美は頭を左右に振り、悩乱の呻きを吐き散らした。年上の女性に、すっかり手玉にとられて。

(すごい――!!)

少女のあえぎ声に、惇もまた昂っていく。

(僕も、もう……)

さっきよりも官能的な光景に、二度の射精で萎えていたペニスをまた大きくさせた。

「や、イク――!!」

鋭く呻いて、智恵美はギュンッと背筋を反らせた。あとはハァハァと喘ぐだけ。クリトリスを吸われてあっけなくイッてしまった少女から唇を離し、翔子は濡れた口元を拭った。

「惇クン、来て」

怯えたようにこちらを見つめている少年を手招きした。

だらしなく脚を広げて秘部をさらけ出す少女の真ん前に、惇は跪いた。

智恵美の秘唇は翔子の愛撫を受けたことでさらに開き、貝の身を思わせる複雑微妙な内部の粘膜を覗かせていた。一帯は翔子の唾液にまみれ、妖しい光を反射させている。

生々しい眺めに、惇は少し怖じ気づいた。

「ほら、惇クンもナメてあげなきゃ」

翔子は少年の頭に手を添え、前に押しやった。

抗いの気持ちよりも、牡の本能が勝っていたようだ。やはり男は女性のその部分に引き寄せられてしまうもの。惇はためらいながらも、甘酸っぱい匂いを発する少女の源泉に顔を近づけた。

生ぬるい芳香が鼻腔に流れ込んでくる。下着越しに翔子の秘部を嗅いだときにも感じたことだが、アソコの匂いは体臭に近いものがある。それこそ汗と唾液が混ざったようなものか。同じ人間が分泌するものだから、当然のことなのだろう。もっとも、汗や唾液の匂いほど不快ではない。

智恵美の匂いは、翔子のものよりも甘ったるい感じがした。新陳代謝が活発な、成長期の肉体が発する芳香。

恥垢臭も多少は混在しているのだろうが、そればかりではない。少女たちとすれ違うときに悩ましいミルク臭を嗅ぐことがあるが、それを凝縮した濃厚なフェロモンと言うべきだ。

深々と美少女の性臭を吸い込んだ惇は、陰唇を広げて内部を観察するゆとりもなく、目をつむって智恵美の性器に口づけた。

「あふうっ……」

脱力していた智恵美が、僅かに反応した。

惇は割れ目の中に舌を差し込み、ツルツルした粘膜を舐めしゃぶった。

「ンあ……は、あう、ううっ――」

智恵美の腰がモゾモゾと蠢き、舌に感じるヌメりが増してきた。彼女が感じていることを悟って、惇は熱心にクンニリングスを続けた。

「ンう――!!」

突然股間を襲った快美に、惇はくぐもった呻きを洩らした。

翔子がその部分に手を這わせてきたことはすぐにわかった。

「ふふ。もうカチカチになってる」

オトナの女性のしっとりした手にペニスをダイレクトに握られ、惇は腰をやるせなく震わせた。巧みに手指を滑らせてくる熟達さは、智恵美にはないものであった。

押し寄せてくる快美を誤魔化すように、惇は激しく少女の秘唇を舐《ねぶ》った。

「ううぅっ、はう、う――ア、はあ……あ、ああンっ!!」

ますます強くなる恥臭に包まれ、さらに奥からトロトロと溢れてくるぬるい液体を啜りながら、惇は智恵美の悩ましい喘ぎを遠くに聞いていた。翔子がフェラチオを始めていたものだから、愛撫に専念することはなかなか困難であった。

チュバ……チュプ……ジュルッ……。

ペニスにまとわりつく舌と唇が卑猥な水音をたてている。自分が智恵美を舐めしゃぶる音よりも、そっちのほうがはっきりと聞き取れた。

おそらくあと一分も続けられたら、射精していただろう。

口を離した翔子は身を起こし、敏感になってピクピクとうち震えるペニスを優しく握って、

「ね、セックスしてみない？」

惇の耳元で囁いた。

ここまできてしまえば、それは当然の流れであったろう。しかし、まだ十三歳の少年は、すぐに頷くことができなかった。口唇愛撫を中断し、口元を拭うのも忘れて年上の女性を見つめる。

ほんのしばらく惇を見つめ返した翔子は、その場に立ち上がるとスカートをたくし上げ、中に手を入れた。そして、少年の目の前で、淡い紫の下着を脱ぎ下ろす。

さんざん秘部を嬲られた智恵美は、脚をだらしなく開いたまま、ソファに身をあずけていた。

翔子はその隣に、同じ開脚ポーズで座った。こちらも眩しいほどに白い内腿があらわになる。

「ほら、見て」

翔子は両手の指で、陰唇を左右に広げた。

性器の形状は、やはり大人と子供の差を歴然とさせていた。

ややや茶色がかった柔らかそうな陰毛が、恥丘はもちろん陰裂の谷間を取り囲むように繁茂する。カルデラ湖を思わせる小陰唇のたたずまいも扇情的であった。谷底は、赤みの強いピンクだ。すでにヌメヌメとした光を帯びたそこに、奥へ続く洞穴が見えた。柔襞に取り囲まれ、誘い込むがごとく息づいている。

惇は、クラスメートとは異なる性器にまじまじと見入った。

「ここにオチ×チンを入れるのよ」

上気した面持ちで翔子が告げる。

惇の目が、少し血走ってきた。

衝撃的な景色に、惇は剝き出しのままのペニスをヒクンと脈打たせた。翔子の唾液に濡れた先端から、カウパーの吐液がツーッと糸を引いて垂れる。

「来て……」

誘われるままに、惇はあられもない恰好の美女の前に立った。上向きになったペニスを握った翔子が、それを彼女自身のほうに導くのに従い、腰を落としていく。

若い女性の芳しい体臭が、少年の理性を朦朧とさせていた。惇は、翔子の柔らかく温かな体にしがみついた。亀頭部に濡れた感触がある。さっき見たばかりの魅惑的な部分に密着しているのを察した。

「このまま、入れて――」

言われるまでもなかった。惇は逸る気持ちを抑えきれずに、腰を送った。

ジュニュ――ッ。

輪ゴムに挟まれるみたいな感じがしたと思ったのは一瞬のこと、狭い洞窟を分け入った硬直は、ヌチヌチと湿った柔肉に包まれていた。

「あふ……」

感嘆のため息が美少年の口からこぼれる。童貞喪失などという瑣末《さまつ》なことではなく、その得も言われぬ快さに感動していたのだ。

「ンん……」

翔子も彼の耳元で、甘い吐息を洩らした。

惇は本能的に腰を突き動かしていた。それによって快美が上昇すると、よりいっそう動きを大きく、激しくした。翔子の首筋に顔を埋め、夢中になって抽送を続けた。

隣から伝わってくる震動で、智恵美はようやく我に返った。ふたりが重なり

合っているのを見て、

「え、なに？」

と、寝ぼけた声を発する。

だが、惇が息を荒げ、おまけにクチュ、ニチュ――と湿った音まで聞こえてきたものだから、ふたりが行なっていることをようやく理解した。

「やあン――!!」

智恵美が泣き声混じりの悲鳴を上げ、これには惇もびっくりした。

「だめえ、そんな――しちゃヤダあっ!!」

年上の女に抱きついている美少年を引き剝がそうとする。

「あン、待ってよ。無茶しないで」

翔子は惇との間に手を入れ、愛液にまみれたペニスをゆっくりと引っ張り出した。まるでこうなることがわかっていたかのような、落ち着いた態度であった。

「惇クンが他の女とセックスするのなんて、イヤなんでしょ？」

翔子に問われ、智恵美は恨みがましく顔を歪め、頷いた。

「それって、惇クンのことが好きだからよ。ようするに、嫉妬してるワケ」

ティッシュで股間を拭った翔子は、床に落とした下着を拾い上げ、それに脚を通した。

「じゃ、智恵美ちゃんが、カレとセックスしてあげなくっちゃ」

朗らかに言われて、智恵美はびっくりしたように目を見開いた。

4

スカートも脱いで、セーラーの上着を羽織っただけのほとんど裸同然の姿で、智恵美はソファに仰向けになった。急な展開に戸惑いつつも、もはやこの状況から逃れることは困難であった。

「ほら、ここ」

翔子に促され、惇は智恵美の上にかぶさった。

可愛らしい乳房が、惇の胸部に触れる。

「智恵美ちゃん、生理いつだった?」

密着してくる美少年の体にドギマギしていた智恵美は、突然そんなことを訊かれて面食らった。

「えっと……二週間前くらいかな」

「じゃ、ちょっとヤバいかなあ……」

しばらく思案した翔子は、智恵美の上で戸惑った表情を浮かべている少年に、

「いい？惇クン。出そうになったら、すぐにペニスを抜くのよ。あなた、まだパパになりたくないでしょ？」

そう言うと、惇は神妙な顔で頷いた。

「OK。じゃ、最初はキスからね」

しかし、互いの性器まで舐めしゃぶったのに、ふたりはあらためて唇を交わすことに妙な照れくささを感じた。それがただ体をまさぐり合うだけの戯れとは違い、心を通わす行為であると察したからである。

「ホラ、ちゃんとキスしなくちゃ、本当に好き合っていることにならないのよ」

翔子がそんなことを言うものだから、ますますやりづらい。でも、プクッと盛り上がった少女の唇はなかなかに魅力的で、惇は惹かれるままに顔を下げていった。

チュ――。

ふたりの唇が触れ合い、その瞬間、惇は甘美な信号が背筋を伝わるのを覚えた。

（なんだ、これ――!?）

秘唇に口づけたときよりもはるかに官能的な昂りが、少年の胸を躍らせた。

密着した粘膜は想像した以上に柔らかで、それが少女への愛しさを募らせる。

ほんのり湿った感触も快い。思わず智恵美を抱きしめ、惇はさらに唇を押しつけた。

密着する少年と少女の唇が、ピチャッと鳴る。

「んフ……」

可愛く喘いだ少女の唇から芳しい吐息が洩れ、惇はそれも夢中で吸った。

(キスって、こんなに気持ちいいんだ……)

ひょっとしたら性器粘膜以上に、唇は敏感なのかもしれない。肉体のすべてが溶け合っているようである。ただ性器をイタズラするだけでは得られない感動だ。

智恵美のほうもそれは同じなのか、舌を出して惇の唇をチロッと舐めてきた。

惇もそれに応え、中学生カップルのおとなしいキスは、たちまち濃厚なディープキスになった。

そうやって重ねた唇を熱烈に吸り合うふたりに、翔子は呆気にとられた。

「すごいのね、ふたりとも」

なんとなく仲間外れにされたようにも思えて、翔子はふたりの間に手を差し入れた。

「ク……」

惇がピクンと身を震わせる。二回も射精している彼のペニスは、ズキズキと鼓動を響かせ、頼もしい硬さを伝えてきた。そして智恵美のほうも、会陰部にまで愛液が伝うほどに濡らしていた。

「準備OKだね」

翔子は智恵美の花弁を開き、そこに惇の亀頭をあてがった。

「さ、このまま入れて」

しっかりと智恵美を抱きしめ、惇は腰を送った。

「あううっ――!!」

猛々しい肉筒はいとも簡単に少女の粘膜に侵入し、その瞬間、智恵美は悲痛な呻きを吐いた。

「ヤ、いたあい……!!」

さらに身を捻って逃げようとする。

惇のほうはピッチリしたものに包み込まれる感触に、

「う、ああ……」

と、熱い吐息を洩らして臀部の筋肉を収縮させた。

翔子の中に入れたときとは違った感じがする。うまく説明できないが、とにかく、締めつける強さと温かさが違っていた。

翔子の場合は大人だけあって、包み込んでくれる安心感があった。これが、同級生の華奢な少女だと、膣の締めつけもキツくて、どうかすると押し出されそうである。

その一方で惇は、何かしっくりと繋がるものを感じていた。もともとふたつだったものが再び重なり合った、そんな気さえするのである。

「さ、動いてあげて」

翔子に言われるまでもなく、惇は硬直の抜き差しを開始した。

「あああっ、ダメぇー!!」

剝き出しの傷口を擦られる激痛に、智恵美は身をのけ反らせた。転んですりむいたところをまた擦られるのと同じ、それこそ切り裂かれるようなという形容が、少しも大袈裟ではない痛みであった。

体の中心にある異物感も不安をかき立てる。そうしようと思わなくても、無意識に体が逃げてしまう。

「ダメよ、そんなに抵抗しちゃ。余計イタくなっちゃうから」

だが、激痛に身をよじる少女には、そんなアドバイスを聞き入れられる余裕もないようだった。

「惇クン、キスしてあげて」

言われたとおり、惇は智恵美をギュッと抱きしめ、激しく喘いでいる唇に口づけた。

「ン……!!」

智恵美の体が静止した。

舌を差し込み、口内を舐め回すと、彼女も積極的に舌をからめてきた。縋るように下からしがみついてくる。

抱きしめられて安心したのか、智恵美はヒクヒクと体を痙攣させながらもおとなしくなった。健気な反応に、愛しさがますます募る。頬に触れる彼女の涙を感じ、惇はそれも舐め取ってあげた。

「いいみたいね。ゆっくり動いてあげて」

智恵美と唇を交わしながら、惇は体をそっと前後に揺すった。

「ンんっ……ア、あう……」

少女の唇の合間から、切れぎれに悩ましい吐息が洩れる。感じているわけではない。体内を蠢く逞しい器官が、悩ましい感覚を発生させるのである。

「だいじょうぶ？」

惇が気遣いの言葉を囁くと、智恵美は涙を滲ませた瞳で見つめ返した。

「うん……平気」

とても平気ではなさそうな、弱々しい声で答える。

「痛くない？」

「……まだちょっと」

「やめようか？」

悦びは確実に上昇していたが、二度の射精の後であり、放出欲求はさほどでもない。

だが、智恵美は「ううん」と頭を振った。

「いいの、続けて……」

「でも――」

ためらいをあからさまにしている美少年に、智恵美は、

「いいの……、惇クンとこうなれて、嬉しいんだから――」

涙声で告げた。

その健気な台詞に心打たれ、惇は急速に昇りつめた。

「あ、ううっ――」

腰がガクガクと震える。

「ダメよ、抜いてっ!!」

察した翔子が叫び、惇は断末魔の歓喜にうち震えるペニスを、どうにか抜き去った。

ブルンとはね上がった、愛液と血にヌメッたそれを、翔子は荒々しくシゴきたてた。

「ああっ、はうっ!!」

ピュッ、ビュルッ、ドクン――!!

三度目とは思えない濃いザーメンが、少女の腹部を淫らに彩る。

「ううン……」

お腹にドロッとした熱さを感じ、智恵美もやるせなく呻いて脱力した――。

第四章　保健室のベッドで

1

秋の日の午後――。

今日は、窓の外は雨である。糠雨《ぬかあめ》がじわじわと大気に染み込んでいる。

そのためか、周囲はいつにもまして静かである。今も生徒たちは、神妙な顔で授業を受けているのだろう。

真面目にデスクワークに取り組んでいた翔子であったが、市教委へ提出する報告書の表現に詰まってしまい、緊張の糸がプツリと切れた。

「ん……」

両腕を天井に向け、大きく伸びをする。

べつに急ぐ仕事ではない。それに、今日はカウンセリングの予約も入ってないし、時間はたっぷりとある。そうあくせくすることはないのだ。

翔子はノートパソコンをパタンと閉じ、応接セットに歩み寄った。はしたなく、ソファにドサッと腰を落とす。

月末に文化祭をひかえ、校内はなんとなく慌ただしい空気に包まれていた。展示作品の製作や企画展の準備に追われ、生徒も教師も、放課後ともなればバタバタと走り回っている。

しかし、スクール・カウンセラーはもともと部外者である。いっしょになってあたふたする必要はない。むしろ、こちらはいつどんな相談をもちかけられてもいいように、ちゃんと部屋にいなくてはならないのだ。

もっとも、勤務を始めてから二カ月間のうちは、カウンセリングを受けにきた生徒も少なく、果たしてこの先どれほどの実績を残せるか、心配だった。これでは予算の無駄遣いだということになって、スクール・カウンセラーをクビになるかも——。

そんな不安が頭をよぎったこともある。

(でも、だいじょうぶよね。来室者も増えてるんだし……)

確かにそれは事実だった。特に相談のためというわけでもないが、何らかの話をしにこの部屋に来る生徒は、確実に増えていた。

それも一年六組——つまり惇のクラスの生徒が圧倒的に多かったのである。

惇は、すっかり明るい少年に変貌していた。物怖じせず堂々として、クラスメートにも男女問わず気さくに話しかけるようになった。もとからの美貌も手伝って、彼は今ではクラスの人気者になっていたのである。

惇が変わったのは、『心の相談室』でカウンセリングを受けてかららしい——。

そのウワサは、一年六組の中に静かに伝わっていた。

そうやってひとりの少年が著しい変化を見せたことで、『心の相談室』でのカウンセリングについて、生徒たちの評価は急上昇しているようだった。ちょっと話を聞いてもらおうか——。そう考える生徒も増えているらしい。

もっとも、実際にカウンセリングというところまでいったのは、惇たちの後にふたりしかいなかった。何か言いたそうにしている生徒はいるのだが、まだ相談を持ちかける勇気が出ないようである。とりあえずいろいろ話をしてみて、こちらの出方を窺っているというところか。

思春期の少年少女たちに、まして親密な人付き合いに馴れていない現代っ子たちに、自己を開示することはなかなか困難なようだ。

とりあえず、この部屋で惇たちと淫らな行為に耽ったことまでは知られていならしくて、翔子は胸を撫で下ろした。

無事に初体験を終えた少年少女を送り出したとき、翔子は初めは満足感しか抱いていなかった。だが、時間が経つにつれ、自らの逸脱した行動が恐ろしくなってきたのである。

それは、バレたらどうしようとか、そういう類の心配ではなかった。深く考えもせず少年少女をそそのかし、性的行為に導いた自身に慄いていたのである。

（どうしちゃったのかしら、あたし……）

惇に性愛のカウンセリングを施したときと同じ懊悩《おうのう》が、ふたたび翔子を苛んだ。教育関係機関に携わる者として、いや、ひとりの責任ある成人としても、到底許されない行為である。

どうしてそんなことが平気でできるようになってしまったのだろう。少なくともつい最近までは、自分は反社会的な行為などまったくできない堅物であったはずが。何が自分を変えてしまったのか。いや、あるいはこれが、最上翔子の本質なのか。

その最中は、自らのしていることを疑問に思ったりはしなかった。むしろ状況を心から楽しみ、普段より生き生きしていたように思う。

（やっぱりあれが、本当のあたしなのかしら……）

そんなはずはないと打ち消そうとしても、他に妥当な解釈は見つかりそうにない。

翔子は天井を見上げ、ふうと大きく息をついた。

（ここで、あたしもシちゃったんだ……惇クンと——）

美少年のペニスを自らの膣に受け入れた場面を思い返し、翔子は体の奥から切ない火照りが湧き上がるのを覚えた。

逞しい硬直が柔肉を掻き回す感触が、リアルによみがえってくる。あれは、本当に久し振りのセックスであった。

（もっとシテほしかったな……）

欲望の疼きが、感情を淫らな色に変えてゆく。

翔子はシューズを脱いで脚をソファに上げると、あの時と同じ開脚ポーズをとった。ミニスカートがはしたなく捲れ上がり、隠れていた部分をさらけ出す。

穿いていたのは、清楚な白のパンティであった。それこそ中学生が穿くような綿のシンプルな下着。

その中心には、沁み出したもので楕円形の濡れジミができている。覗き込まなくても、翔子にはそれがわかっていた。

「オナニー、しちゃおうかな……」

わざと淫らな言葉を呟いてみる。そうすると、官能の燻《くすぶ》りが油を注がれたように燃え盛ってくるのである。

そして翔子は、本当に指を下着の底に這わせた。

「んン……」

軽く触れただけで、ゾワッとした悦びが立ち昇ってくる。柔らかいコットンの肌触りが指先に悩ましい。

縦割れの淫裂に布地を擦りつけるように、翔子は指を蠢かした。

「あ、ン——くぅ、うぅっ、は……ああっ」

やるせない快美が腰の辺りで弾ける。

校内で破廉恥な行為に耽る自分がたまらなく惨めに思えながらも、その反作用で狂おしい悦びはますます高まった。喘ぎは断続的に喉を通過し、体じゅうが噴き出した汗でジットリと湿ってくる。

もどかしさに、翔子は淫靡に濡れそぼったパンティを脱ぎ下ろした。愛液でしとどになっているチェリーピンクの粘膜に、直接指を這わせる。

「はうっ!!」

ズキンという快美に全身がしなった。包皮を押し上げるまでに膨らみきっていたクリトリスに、直に触れてしまったのだ。それは不安を覚えるほどに鋭敏になっていた。

指先に分泌液のヌメりを掬い取り、翔子は敏感な尖りをそっとこすった。

「ふ、ううっ、あ──はぁっ、あう、う──」

体中がビクビクと震える。モワッと立ち昇る自身の甘ったるい匂いが、悩ましさを増長させた。

「惇クン──」

美少年に似つかわしくない逞しいペニスの、ゴツゴツした舌触りと青臭く生っぽい味を、翔子は舌舐めずりをしながら反芻した。カウパー腺液のヌメった感じとか、口に広がる精液の温かさも蘇らせる。

誰もいない部屋で、淫らなひとりアソビに耽る若きカウンセラー。才媛の美女にはおよそ似つかわしくない行為だろう。しかも中学生の少年との性愛行為を回想しながらオナっているのである。

惇と智恵美は、どうやら仲良くやっているようだ。周囲には付き合っていることを気づかれないようにしているが——付き合ったきっかけなど、余計な詮索をされないように——当分の間そうするよう、翔子がアドバイスしたのである。

智恵美はときどき、ここへ報告にやってくる。セックスもちゃんとしているらしい。

「あのね、クリちゃんをチュッと吸われると、もうすっごくキモチいいの。おっきくなってビンカンになったの、やっぱ正解みたい。ひとりエッチよりもずっと感じちゃう。抱きしめられて、指でクチュクチュしてもらうのもイイけど」

恥ずかしげもなく、大胆な告白をする少女であった。

翔子は、校内ではそういうことをしないようにということと、避妊をちゃんとしなければいけないことを注意しておいた。

（どうせなら、惇クンもつれてくればいいのに……）

自分がそうなるように仕向けたのに、翔子はラブラブ関係を嬉しそうに報告する智恵美に妬ましさを感じていた。せっかくくっつけてあげたんだから、ちょっとくらい彼を貸してくれてもいいのに——。そんなことさえ思った。

（でも、あの子のペニスを最初にフェラしたのはあたし……最初にセックスしたのもあたし――。あたしが、惇クンの童貞を奪ったんだ!!）

夥しく濡れている秘部を嬲りながらそう考えた途端、翔子は全身がブルブルと戦慄《おのの》くのを覚えた。激しい昂りが、容赦なく襲いかかってくる。

（あ、何、これ――!?）

オルガスムスの高波ではなかった。肉体の昂揚ではなく、それは精神的な絶頂感であった。翔子は、自分が求めていたものをぼんやりと理解できた気がした。

「あ、イッちゃう……!」

そして、肉体の歓びも最高潮へと走り出した。

翔子はクリトリスを激しくこすりながら、二本揃えた指を膣に埋め込み、グチュジュポと淫らな湿音をたてながら出し入れさせた。

内部の襞が指をきつく締めつける。

ピストン運動で押し出された淫液は、アヌスのほうにまで伝っていた。

「あ、はあ、ああっ、う……イクぅ――ッ!!」

ガクガクと全身をうち揺すり、あられもなく身悶えた翔子は、強烈なオルガスムスを迎えて歓喜の声を迸らせた。

「イクイクイクゥー、う――、ああっー!!」

コンコン——。

濡れた秘唇をティッシュで拭っていたときに突然ノックの音がしたものだから、翔子は飛び上がるほどに驚いた。

「はい、どうぞ——」

スカートを下ろして立ち上がると同時に引き戸が開いて、ひょいと顔を覗かせたのは、養護教諭の新條真実子であった。

「ちょっといい？」

「ええ、どうぞ——」

そう告げたとき、翔子は脱いだパンティが足元に落ちているのに気がついた。慌ててソファの下に蹴り込む。

「どうかした？」

アセった様子の翔子に、真実子は訝しげな表情を向けてきた。

「ううん、何も——。こちらへどうぞ」

翔子は平静を装い、訪問者をソファに招いた。

しかし、腰を下ろした真実子がちょっぴり顔をしかめてクンクンと鼻をうごめかしたものだから、翔子はオナニーの痕跡臭でも残っていたのかと、またうろたえた。

「コーヒーでも飲む？」

とりつくろうようにそんなことを言う。

「あ、それじゃ、ご馳走になろうかな」

真実子が屈託のない笑顔を返してくれたので、翔子はホッとして二人分のカップを用意した。

向かい合ってコーヒーを啜りながら、翔子は、同い年の同僚の様子がいつもと違うのに気がついた。両手で持ったカップに俯きかげんに口をつけた真実子は、何か考え込むようにしていたのである。

（なんだか、今日は変ね、彼女……？）

セミロングのストレートヘアと黒縁の眼鏡が、理知的な外観をつくるいっぽうで、笑顔の愛らしい真実子は、優しいお姉さんという印象を会う者に与える。生徒たちも、無条件に彼女を慕っていた。

真実子は、けっこう気さくなところもあった。暇なときなど、翔子と互いの部屋を行き来しては、ふたりでたあいもないおしゃべりに花を咲かせていたのである。

同世代ということもあって、翔子は、彼女とは妙に気が合った。校内では唯一、心を開ける友人であったのだ。

その真実子が、神妙な顔で押し黙っているのである。そんな彼女を目にするのはたぶん初めてのことで、翔子は妙に落ち着かなかった。

そういえば、いったい、何しに来たんだろう……？

「何か急用？」

訊くと、真実子はハッとしたように顔を上げ、見る間に情けない表情になった。

（また何かミスでもしたのかしら？）

彼女はうっかりミスを、たまにやらかすことがあった。しかし、そんな時でもメゲることなく、けっこう能天気だった真実子である。

その彼女が、こんなに困り果てた顔をしているのだ。よほどのことがあったに違いない。

そして、

「あたし、タイヘンなことしちゃった……」

真実子はそう呟き、大きく息を吐いた。

「大変なことって？」

また投薬でも間違えたのか。いや、そんなことでこれほど深刻ぶるはずがない。もっととんでもないことに違いない。

「もう、クビになるかもしれない……」

そう言った彼女が目に涙を滲ませたものだから、翔子はこれはただごとではないと確信した。

「何かあったの？」

翔子はカウンセラーの口調になって、真実子に優しく問いかけた。

しばらくは何か言いたそうにモジモジするだけの真実子であったが、やがて決心がついたらしく、つい先刻の出来事を話し始めた……。

2

三年七組の稲垣基紀《いながきもとき》が保健室にやってきたのは、昼休みがもうすぐ終わろうという頃であった。

「あら、また来たの？」

戸を開けておずおずと顔を覗き込ませた基紀に、真実子はにこやかに声をかけた。毎日というわけでもなかったが、彼が保健室の常連だったからである。

見るからに華奢でひ弱な感じの基紀は、すぐ体調を崩してしまうらしかった。体育もほとんど見学しているという。自律神経失調気味なところがあるのではないかと、真実子は睨んでいた。

傷の手当てや頭痛腹痛を訴える生徒など、昼休みにどっと押しかけてきた連中もいなくなり、ひとまずホッとしたところであった。案外、そのタイミングを見計らって来たのかもしれない。教室に入れない保健室登校の生徒も、今日は欠席であった。

真実子は、最上級生らしさのほとんど感じられない頼りなげな少年を、ふたりきりであるという意識を持たないまま迎え入れた。

「今日は何？　また頭痛かしら」

「あの、ちょっと気分が悪くて……」

「そう。五時間目の授業は？」

「体育です」

そうすると、また見学することになるのだろう。だったら、どこで休んでも同じことか。

「じゃあ、ここで休んでいく？」

「はい。お願いします」

いつものことであるが、近頃の中学生には珍しく礼儀正しい態度は、好感が持てる。だからつい甘やかしてしまうのかもしれない。本来なら少々の体調不良程度では、ベッドは使わせないのである。

学生服を脱いでベッドに仰向けになった基紀に、真実子は毛布をかけてあげた。

「ちょっと休んでれば、すぐよくなるわよ」

毛布の上からお腹の辺りを優しくさすってあげると、

「ありがとうございます」

少年ははにかむような笑顔を見せた。

クリーム色のカーテンでベッドを遮り、踵を返そうとした真実子は、どういうわけかバランスを崩してしまい、そのまま膝を折って尻餅をついてしまった。

「――ったぁー……」

こういうことは、しかし、初めてではない。もともと平衡感覚がおかしいのか、それともただおっちょこちょいなだけなのか、真実子はつまずいたり、転んだりすることがたびたびあった。

「どうして何もないところで転んだりできるワケ？」

友人たちは一様に呆れた顔をするが、そんなこと、本人にもわからないのだ。

(やっぱり、あたしってドジなのかなあ……)

ほとんど死語と化した言葉を呟いて、真実子はお尻をさすりながらゆっくりと立ち上がった。まあ、誰にも見られなかったのは幸いである。そんなに大きな声も出さなかったから、基紀もどうやら気づいていないようだ。

不幸中の幸いと、真実子はデスクに戻り、来室生徒の記録をつけはじめた。

静かな午後である。時おり雨の雫が微かな水音を響かせるくらいで、あとは何も聞こえてこない。

十分ほどで記録簿の整理を終えた真実子は、回転椅子の上で両腕と背筋を伸ばした。

(寝ちゃったかな……？)

閉じられているカーテンのほうを眺め、真実子はふとそんなことを思った。

静かなうえに、雨のせいもあって湿度が高い。なんとなく気だるい気分になってくる。こんな中で横になっていれば、すぐに眠くなるだろう。

（でも、本当に静かだわ。校内に誰もいないみたい……）

独り言までも大きく響いてしまいそうである。ちょっとした息づかい以外、何も聞こえない。

（あれ――？）

真実子は、ようやく気がついた。さっきから断続的に聞こえている微かな呼吸音が、自分のものではないということに。

（基紀クン――!?）

自分ではない以上、発生源はあの少年に間違いなかった。

（急に具合が悪くなったのかしら……）

過呼吸にでも陥ったのではないか。

不安を覚え、真実子は立ち上がった。

だが、何か夢をみてうなされているだけかもしれない。だとしたら、声をかけて起こしてしまうのも可哀相な気がする。

自分が早合点をしやすい性格だと、いちおう自覚していた真実子は、足音を忍ばせてベッドのほうに近づいた。

激しい息づかいが、だんだんとはっきりしてくる。

真実子はカーテンに隙間をつくると、そっと中を覗き込んだ。

基紀は、こちらに背中を向けて横臥していた。かけていたのは薄手の毛布だったから、彼の輪郭をはっきりと浮かび上がらせている。

その体が小刻みに震えているのに、真実子は気がついた。

(痙攣――!?)

何かの発作でも起こしたのだろうか。保健調査や内科検診では、そういう兆候は特になかったと思ったが。

何か大変なことが起こっているに違いない。そう判断した真実子は、カーテンをシャッと開けると、

「どうしたの!?」

基紀の肩に手をあてて呼びかけた。

「え――!?」

いったい何が起こったのかというふうに、びっくりして振り返った基紀の顔が、一瞬にして紅潮する。さらに、

「ああ、う――!!」

呻いて、全身をガクガクと揺すぶったのである。

体を丸めて激しく喘いでいる少年に、真実子は狼狽した。緊急時の連絡マニュアルが頭の中を駆け巡る。だが、その前に症状を把握せねば——。

「だいじょうぶなの⁉」

真実子は咄嗟に、彼を覆っていた毛布を取り去った。

「あ、ダメ——‼」

基紀が声を震わせて叫んだときにはもう遅く、彼の全身は若い養護教諭の前に晒されていた。剝き出しの下半身まで、すべて——。

「え⁉」

真実子の目に飛び込んできたのは、少年のキュッと引き締まったお尻であった。彼はズボンとブリーフを膝まで下ろしていたのである。ひ弱な性質そのままに真っ白な双丘は、思わず胸が高鳴ってしまうぐらいにエロチックな眺めであった。

そのお尻を、基紀はワナワナと震わせていた。

この時点になっても真実子は、彼がどこか悪くしたのではないかと思い込んでいた。だから、彼が両手で股間をおさえているのを目ざとく見つけると、そこが患部なのだろうと早合点した。

「そこが痛いの⁉」

真実子は基紀の上に覆い被さるようにして、彼の股間を覗き込んだ。

「ダメぇっ!!」

悲痛な叫びも虚しく、少年の恥ずかしい部分は、年上の女性の視線をまともに浴びることとなった。

「――!!」

さすがに、声にならなかった。

基紀の右手は、彼自身の勃起をしっかりと握りしめていたのである。

先端もしっかりと剝け、赤っぽい粘膜を晒しているそれは、頼りなげな少年には不釣合いな猛々しい肉器官であった。

そして、基紀は左手をペニスの前にかざしていた。

隠すためではない。

なぜなら、その手は白濁の粘液に汚されていたのである。シーツの上にも、いくつもの液溜まりができていた。射精したものを受け止めようとして、こぼしてしまったのだ。

「――オ、オナニーしてたの?」

おそろしく工夫のない、見たままの述懐であった。

中学生の少年は自らの恥ずかしい行為をモロに指摘され、情けなさに涙をこぼし始めた。

そうやって、基紀が肩を震わせてしゃくり上げるのを、真実子は呆けたように眺め下ろした。


どうしようかと迷ったが、真実子は彼の放出物を濡れタオルで拭ってやった。悲嘆にくれている少年が可哀相になったからである。シーツに垂れた分から、指を濡らしているものまで。

もっとも、さすがに性器に触れるのはためらわれて、

「あとは自分でやりなさい」

新しいタオルを渡して、ペニスを清めるように促した。

一度見られてしまったから、今さら隠してもしょうがないと思ったのか、基紀は若い養護教諭の見つめる前で、横になったままタオルを使った。萎えかけのペニスに付着した白濁を、時おり鼻をすすりながら丁寧に拭い取った。

そんな淫靡な光景を眺めるうちに、真実子は胸が妖しくときめくのを覚えた。手に持っていた精液に汚れたタオルを、そっと鼻先にかざして匂いを嗅ぐ。

青臭い、燻製にも似た奇妙な匂いであった。いい香りとは言い難いが、なぜだか心が躍ってしまう、妖しい芳香であった。

(ふうん、こんな匂いなんだ……)

そうやって男の体液を嗅ぐのは初めてであった。触るのはもちろん、見るのも。とはいえ、一応養護教諭である。今どき小学生でも知っているような生殖の仕組みくらい、もちろん理解していた。

だが、知識として知っているのと実際に体感するのとでは、雲泥以上の差があった。まして、男性経験のまったくない真実子にとっては——。

「どうしてあんなことしてたの?」

身繕いをすませ、ベッドの上にちょこんと正座した基紀に、真実子は優しく問いかけた。

「……」

基紀は無言だった。しかし、話したくないという様子ではなかった。むしろ話したいのだけど、どう言えばいいのかわからないふうであった。

そうとわかったから、真実子は基紀が話してくれるのを辛抱強く待った。

「……あの——」

ようやく基紀の唇が動いたのは、沈黙の時間が二分ほど続いてからであった。

「なに？」

「僕――」

またたいぶ間をおいてから、

「……真実子先生のこと、好きなんです」

この台詞は、真実子に充分な驚愕を与えた。

「ええっ⁉」

まさか中学生の男の子に告白されるなんて、思いもしなかった。だが、それと今目撃したオナニーがどう関係するのか、咄嗟にはわからなくて、

「じゃあ、ひょっとして、あたしに見せるために⁉」

そんな頓珍漢な解釈をしてしまった。

「あの、違います――」

基紀は慌てて否定した。またしばらく口ごもってから、

「……あの、先生といっしょの部屋にいるんだって思ったら、なんか、たまんなくなってきて、それで、つい――」

想いを持て余した上での自慰行為であることを白状した。

強い性欲に翻弄される思春期の少年は、憧れの女性とふたりっきりで部屋にいるだけで興奮してしまったようだ。そして、ベッドに寝ているという状況も、彼の勃起をおさまりのつかないものにしたのだろう。こんなじめじめした気怠い陽気では、なおさらかもしれない。

処女とはいえ、男の生理のことはある程度理解していたつもりである。それに、養護教諭として性教育にも携わったことがあったから、少年たちのそういう行為についても、ごく当たり前のことであるという認識は持っていた。

だが、それを目の当たりにしたのは、やはりショックであった。彼の心情は理解できても、行為そのものを素直に受け入れるまでには至らなかった。

「でも、だからって保健室でオナ――マスターベーションするのは、どうかと思うけど。そういうのは自分の部屋とか、誰も見ていないところでするものよ」

教育者らしく、生真面目な台詞を口にする。

「でも……」

基紀は真っ赤になり、モゴモゴと口ごもった。

その態度に、真実子は何か合点のいかないものを感じ、

「でも――って？　何か、どうしてもここでしなくちゃいけない理由でもあった

の!?」

やや強い口調で問いかけた。

基紀はさんざんためらった様子を見せてから、おずおずと口を開いた。

「あの……さっき、真実子先生の、その……下着が見えたから……」

あっ――と、思わず真実子は声に出しそうになった。

さっき転んだのを、基紀に見られていたのだ。ベッドを囲むカーテンは、下が三十センチくらいあいている。そういえば、ベッドのほうを向いて脚を広げた状態だったのだ。それも、けっこう長い時間。ほとんど見せつけていたに等しかったろう。

真実子もたちまち真っ赤になった。

なんのことはない。自らの不注意で少年の劣情を誘っていたのだ。

今日穿いていたのは、ハイレグのけっこうおしゃれなやつで、ストッキング越しでも喰い込んでいるところが丸わかりだったのではないか。中学生の少年には、かなり刺激的な光景だったに違いない。

そうすると基紀は、自分のそういうあられもない姿を思い返して自慰に耽っていたのか。

目の前の、身を縮めている少年を眺めるうちに、真実子は奇妙な昂りに包まれるのを覚えた。

まだ幼さの残る少年が、自分のエロチックな下着を思いながら、息を殺してペニスを弄ぶ。ひょっとしたら想像の中で、さらに淫らな行為に突き進んでいたのかもしれない。あるいは、すでに犯されていたのかも。

狂おしく行為に没入する基紀の姿が、真実子の脳裏に浮かんだ。

形のいいお尻をフルフルと震わせ、握った手を動かす。男のオナニーなど実際に目にしたことはないから、それらはあくまでも想像でしかない。それにあのドロドロした粘液が、どういうふうに射出されるのかも——。

(見たい……)

その瞬間を目の当たりにしたいという欲望が、ストレートに湧き上がってきた。

「ちょっと、そこに寝てみて」

思いの丈が言葉となって、素直に口をついて出た。

「え……?」

戸惑った様子の少年に、

「ね——」

真実子は縋るような視線を向けた。おそらく基紀が彼女のあられもない姿によって興奮を促された以上に、熱に浮かされた状態だったろう。

基紀の方も、彼女の内面から溢れ出る淫蕩なフェロモンを感じ取ったのか、妖しい雰囲気に身を委ね、ゆっくりとベッドに仰向けになった。

まな板の上の鯉というよりは、磔《はりつけ》になった殉教者か。いや、密やかな期待に胸をときめかせているその姿は、鞭を待つマゾヒストに近いかもしれない。そんな少年を、真実子は情欲に濡れた目で見下ろしていた。

許されるはずもない展開を制止するだけの理性はなかった。そんなものは、とっくに雲散霧消していた。欲望に衝き動かされた女の姿だけがそこにあった。

真実子は、さっき身繕いを済ませたばかりの基紀の下衣に手をかけた。

ベルトを外し、ファスナーを下ろす。

そして、期待と不安の眼差しを向ける少年の顔を見つめたまま、腰をかき抱くようにしてズボンを脱がせた。

基紀は勃起していた。ブリーフの前がこんもりと盛り上がっている。その高まりにゴクリと唾を呑み、真実子は残された一枚もはぎ取った。

ムワッと青臭い匂いが立ち昇る。若い女性の前で、中学三年生の少年は健気な肉槍をヒクリと脈打たせた。

「スゴい……」

ため息混じりの感嘆がこぼれる。

「さわっていい？」

訊くまでもなかったろう。少年は急くように頷いた。

初めて握る男の器官は、硬質ゴムのようであり、まんま肉の塊のようでもあった。肉体の一部がそうやって猛々しく、硬くなるのが不思議に思えた。

「あ……」

絡めた指をちょっと動かしただけで、基紀はやるせない吐息を洩らした。率直な反応が、妙に嬉しい。

「ね、男の子のオナニーって、どうするの？」

上気した顔で問うと、

「えっと、握ったまま、上下に――」

基紀も息をはずませながら答えた。

「こう？」

言われるままに手首を上下させると、

「あう――‼」

少年は短く呻き、腿をブルブルと震わせた。

（へえ、なんか、おもしろい……）

外側の皮だけがスライドして、中のゴツゴツした感触を伝えてくる。ほんのちょっとした動きで十五歳の少年が身悶えるのも面白くて、真実子はリズミカルに手指を動かした。

「う、はあ……あ――」

基紀の喘ぎが激しくなる。鈴口からは、透明な粘液がジクジクと湧き出していた。

「これがカウパー腺液ってやつね……」

誰に語りかけるでもなく、真実子は呟いた。その湧出物についての知識は持っていた。そして、彼がそれだけ悦びを得ていることも――。

「あ、出ちゃう――‼」

呻いた基紀が腰をガクガクとバウンドさせると、真実子はさらに激しく彼の勃起をシゴきたてた。

「いいわよ。いっぱい出して！」

熱に浮かされたようにそう告げた次の瞬間、

ドピュッ!!

白濁の迸りが宙に舞う。最初の一撃は真実子の眼鏡のレンズに飛び散り、視界を覆った。

「ああっ、ク――ううう――っ!!」

悲痛な、それでいて甘やかさを帯びた呻きを洩らし、基紀はさらにドクドクと熱い滾りを放出した。

飛び散ったものは彼自身のシャツや真実子の手を淫らに汚し、青臭い匂いを放散させる。

ハァハァと切なげに喘ぐ基紀。

レンズのザーメンがドロリと流れ、ようやく開けた視界の中に彼を捉えたとき、真実子は、ようやく養護教諭としての理性を取り戻した。

そして、自らのしでかしたことの重大さを今さら思い知り、いつしか恐怖で身をガタガタと震わせていた。

3

「——じゃあ、射精させちゃったんだ」

翔子が問うと、真実子はコクリと頷いた。

「タイヘンなことしちゃった……」

涙声で呟く。

「それで——？」

「え？」

「基紀クンはどうしたの？」

「ああ……たぶんまだ、保健室で寝てると思うけど」

射精後の快い虚脱感から、ぐっすりと眠りこけているのだろう。施しを与えた側が、これほど苦悩しているとも知らず。

「でも、真実子さんって、ヴァージンだったの……」

意外そうに呟いた翔子を、真実子はきょとんとした表情で見つめ返した。

「そうだけど、どうして？」

まったく悪びれた様子のない態度に、翔子はむしろ戸惑った。

「だって、もう二十四歳でしょ？」

「いくつになったって、結婚もしてないし、それに恋人だっていないんだもの。処女なのは当たり前でしょ」

どうしてそんなに驚くのかわからないといったふうである。

学校関係者には頭の硬い連中が多く、結婚まではというふうに処女性を絶対視する者も少なくはない。

だが、真実子の考えはそういう道徳的なものとは違っているようであった。ようするに他人は他人、自分は自分という、マイペースの自己肯定的な思考からきているらしい。

考えてみれば、翔子の場合は人よりも早い初体験であったから、そうやっていつまでも処女膜を保持している人間に逆に驚いてしまうのだ。

ともあれ、自らの判断をストレートに主張する真実子に、翔子は自身の常識がグラつくような、奇妙な感覚を味わった。

まあ、それはさておき、それこそ自分と同じようなことをした言わば同類である。翔子は今まで以上に真実子に親しみを覚えた。

だが、まさかそんなことを告げられるわけもなく、肩を落としている彼女を黙って見つめるばかりであった。

「ね、こういうのってやっぱり、淫行になっちゃうのかな……？」

涙で潤んだ目を上げ、真実子はそう訊いてきた。

「うーん、まあ、そうなっちゃうのかなあ。いちおう条例には引っかかると思うけど」

そう言えば、中学校で臨時採用の若い音楽講師が男子生徒と関係を持ち、青少年健全育成条例違反で検挙されるなんて事件もあった。

マスコミが鵜《う》の目鷹《たか》の目であれこれ書き立てたのはそう昔の話ではない。自分のしたことと関連させて考えたりはしなかったが、こうして他人の話を聞くに及んで、今さら背筋が寒くなってくる。

「やっぱり、クビかなあ……」

真実子の台詞は、翔子の胸を深々と貫いた。

「……でも、さ、それはバレちゃったらのことでしょ。このまま何事もなくすんじゃえば、それで終わりってことじゃない」

むしろ自分に言い聞かせるように、翔子は諭した。

真実子は、そういう彼女に意外だという顔を向けた。

「──そんなものなの!?」

教育に携わるものがそんな頽廃《たいはい》的な考えでいいのかという思いを、あからさまにした表情であった。

「じゃあ真実子さんは、正直に何もかも話して、それでクビになってもいいっていうの?」

「それは……」

正義感を振りかざした真実子の気概も、たちまち消沈した。

「クビになるだけじゃないわ。マスコミとかに興味本位で書き立てられたりするのよ。養護教諭が保健室でエッチな性教育とかって。そんなふうになったら、もう人生終わりじゃない。それでもいいの!?」

「そんな……いじめないでよぉ……」

真実子はグスグスと泣きべそをかいた。二十代半ばの大人とは、とても思えない。

翔子は涙を潤ませている真実子に、今度は優しく語りかけた。

「真実子さんは、今日のこと、他の誰かにしゃべるつもり?」

訊くと、若い養護教諭は首を横に振った。

「じゃあ、基紀クンが誰かにしゃべると思う？」

真実子は少し考えてから、

「たぶん、ないと思う……」

弱々しく答えた。

「だったら、バレちゃうなんてことありえないじゃない。そんな気に病む必要なんてないのよ」

「でも……」

そうは言われても、真実子はまだ釈然としない様子だった。

翔子は、彼女の瞳をジッと見つめた。

「あの、さ。真実子さんがそうやってこだわってるのは、バレたらどうしようとかそういうことじゃなくて、自分のしたことがイケナイことだっていう意識があるからでしょ？」

この問いかけに、真実子はハッとした表情を見せた。

「中学生の男の子をイタズラしちゃったっていう、しちゃいけないこと、悪いことをしたっていう意識があるから、いつまでもウジウジして吹っ切れないんじゃないの!?」

真実子は、泣きそうな顔をさらに歪め、情けない容貌をあらわにすると、

「……だって、いけないことなんでしょ？」

逆に問い返してきた。

「そうかしら」

翔子はしれっとして言い放った。

「真実子さんがしたことで、誰か困ったり苦しんだりした？　基紀クン、嫌がってた⁉」

「──それは、ないと思うけど……」

「そうよねえ。イヤだったら、そんなに精液いっぱい出したりしないもの」

翔子は安心させるように穏やかな笑みを浮かべると、

「だから、あとは真実子さん自身の問題なの。あなた自身が、どうやってこれを決着できるか、それにかかっているのよ」

真実子は、呆けたようになっていた。混乱した状態で言いくるめられた者が示す反応であったが、

「いっそのこと、セックスしちゃえばいいのよ」

と、翔子が言ったときには、真実子はさすがに仰天した。

「ええーっ⁉」

思わず大きな声を出してしまう。

そんな彼女の反応にも、翔子は平静を保ったままであった。

「こっちがペニスをいじって射精させただけだから、自分が彼を弄んでしまったみたいに思っちゃうのよ。ちゃんとセックスすれば、対等の関係になれるでしょ？　まして処女と童貞なんだから、ただのアソビってことにはならないじゃない」

真実子は金魚のように口をパクパクさせるばかりで、なかなか言葉が出てこない様子であった。

「真実子さん、基紀クンのこと、嫌い？」

そう問われて、ハッとしたように体を強ばらせる真実子であった。

「ほら、そうやって反応しちゃうってことは、彼のことが好きだって証拠じゃない。いきなりペニスまで握ってるのよ。嫌いだったら、そんなことできるわけないもの。いっそのこと、恋人同士になっちゃえば？」

「そんな――、年が違いすぎるわよ……」

この台詞に、翔子は我が意を得たりという顔をした。

「ってことは、問題になるのは年の差だけで、他はＯＫってことなのよね」

「あ――」

どんな反論もかなわなかった。真実子自身、自分の本当の気持ちに気づいてしまったから。彼を特別扱いしていた、本当の理由に――。

「すぐ行ってあげなきゃ、彼のとこに。基紀クンはちゃんと告白したんだから、真実子さんもそうしなきゃね。そして、ちゃんと抱き合うのよ。そうすれば、余計なわだかまりなんか、全部ふっとんじゃうから」

それは、悪魔の誘惑であったろう。だが、翔子にノセられたというばかりでもなかった。いつしか真実子自身、身分など惜しくない、すべてをなげうってもいいという気持ちになっていたのである。

だが想いをすぐに行動に移せるほど、真美子は思い切りのいい女ではなかった。ためらいととまどいをあからさまにしている真美子の前に、翔子がすっくと立ちはだかった。

「いいわ、じゃ、あたしも付き合ってあげる」

にっこりと笑う同い年の女を、真美子は呆気にとられて見上げた。

第五章　やりたい盛り

1

「よく眠っているじゃない」

クークーと快い寝息をたてている少年を見下ろし、翔子は囁いた。

「真実子さんにしてもらったのが、よっぽど気持ちよかったみたいね」

すぐ横で、真実子は真っ赤になって身を縮めた。

「じゃ、時間もないことだし、さっそく始めようか」

翔子はそう言って、基紀を覆う毛布をそっと取り去った。

「何するの……？」

今にも基紀が目を覚ますのではないかとビクビクしながら、真実子は問いかけた。

「決まってるじゃない、カレを気持ちよくしてあげるのよ」

目だけで笑ってみせると、まだ眠ったままの少年の股間に手をあてがう。

「あら？」

翔子は真実子を振り返り、

「この子の、タッてるわよ」

嬉しそうに告げた。

「え？」

「ほら」

翔子は真実子の手をとり、そこに触れさせた。

硬く脈打っているものが、指に逞しさを伝えてくる。

真実子は、思わずゴクリと唾を呑んだ。睡眠時の作用で、朝立ちさながらに勃起したのだろう。

「……さっき、二回も出してるのよ」

「そりゃ、ヤリたい盛りの男の子だもん。元気なのは当たり前」

真実子の指をはずさせると、翔子は基紀の下半身を脱がせ始めた。

「──ねえ、やめようよ」

オロオロと泣きそうな声で真実子が言う。これ以上淫らな行為に及ぶことが、さすがに怖くなったらしい。

しかし、生白い下腹と、亀頭粘膜を剝き出しにしているペニスがあらわになると、息を呑み、その部分に視線を注いだ。

「けっこう大きいじゃない」

翔子も感動したように呟いた。

反り返っている肉筒に指を絡め、

「カタい……」

ほうとため息をつき、ゆるゆるとしごく。

「ン……」

小さく呻いた基紀の体が、ピクンと反応した。

「カレ、起きちゃう……」

不安げにしているだけの真実子を振り返り、翔子は小声ながらも、

「そんなふうに逃げてるから、今まで処女だったんじゃないの!?」

強い口調で責めた。

「もっと素直になって、目の前のものと向き合わなくっちゃ。そうしないと、

せっかくのチャンスを逃すことにもなるのよ。そんな、いけないことだとか、ウジウジ考えるのやめなさい。セックスって、すごく気持ちいいんだから。悪いことのはずがないいじゃない」

そして、まだ逃げ腰になっている真実子をいきなり抱きしめ、唇を重ねた。

「ン――!?」

突然のことに呆気にとられた真実子だったが、自分が同性に口づけを受けていることを気づくに及び、ようやく抗った。

もちろん翔子はそれを許さず、唇の間に舌を差し入れ、敏感な口内粘膜を探った。

「くぅ……」

おそらくキスも初めてだったのだろう。淫靡な感触に、真実子の全身から力が抜ける。抵抗も消え失せ、翔子にされるままになった。

舌をからめ合う濃厚なディープキスが続き、唇が離れると、その間に唾液の糸が繋がった。

「女同士でも、キスって気持ちいいでしょ?」

翔子の言葉に、真実子は上気した面持ちで小さく頷いた。

「好きな男の子とだったら、もっと気持ちいいはずよ。ね、基紀クンとふたりで気持ちよくならなくちゃ」

翔子は真実子の胸に手をあてがい、モミモミと優しく指を蠢かした。

「あン……」

「いいおっぱいしてるじゃない。大きいし、柔らかいし……。基紀クン、きっと夢中になるわよ」

真実子はもはや、翔子の操り人形と化していた。促されるままに、ふたりで基紀の剝き出しの股間に屈み込む。

「さっきは、手でしてあげただけなんでしょ?」

「……うん」

「それよりも、こうしてあげたほうが気持ちいいのよ」

そそり立つ肉器官の底部を握った翔子は、青臭い匂いを漂わせる先端に顔を寄せた。

「あ……!!」

真実子が驚きの声を発したときには、少年のツルツルした亀頭粘膜は、美女の唇に呑み込まれていた。

「ンン……」

ヒクリと、基紀の腰がわなないた。

翔子は全体の半分近くまでを口中に収めている。頬が動く様子から、舌で舐め回しているのが真実子にもわかった。

初めて目にするフェラチオという行為。その名称もいちおう知っていた。しかし、性器に口をつけるなど清潔とは言い難いし、正直なところ嫌悪感しか持っていなかったのである。

だが、実際に目の当たりにしたそれは、限りなくエロチックであった。汚らしいとか、想像していたようなマイナス感情は微塵も無かった。むしろ、綺麗だと思った。

(あたしも、やってみたい……)

秘部が濡れてきているのが、自分でもわかる。沸き立つ昂揚が、生真面目な女を淫らな行為へと駆り立てた。

翔子は唾液に濡れた欲棒からチュプッと唇をはずし、

「やってみる?」

真実子を振り返った。

訊かれるまでもなかった。返事をする時間も惜しいというふうに、真実子は少年のペニスを奪い取った。あむっと咥え込み、ゴツゴツした胴に舌を絡め、チュパチュパと吸いしゃぶる。

真実子の変容ぶりを呆れたように見つめていた翔子であったが、これなら大丈夫かと、微笑を浮かべて立ち上がった。

「じゃ、あとはごゆっくり」

小声で告げて、カーテンの外に消えた。

2

夢を見ていた。映像のない、感覚だけの夢だ。

横たわった自分に何かか覆い被さり、体中をまさぐっている。

擽ったさと快さが入り混じった、なんとも官能的な夢であった。映像がなかった分、よけいにそう思えたのかもしれない。

目が覚めてからも、基紀は自分が保健室のベッドで寝ていたことを思い出すのに時間がかかった。だが、それを思い出すと同時に、眠りにつく直前のことが蘇ってくる。憧れの女性にペニスを愛撫され、射精してしまった甘美な記憶が――。

だからあんな夢を見たのだろうかと考えたところで、基紀は、快い感覚がまだ続いていることに気がついた。

「え――？」

腰の辺りに感じる重みと、ヌメったものが敏感な部分にまつわりつく感触。それは夢の続きなどではなく、紛れもない現実であった。

（まさか……!?）

ゆっくりと頭をもたげた基紀が見たものは、彼の剝き出しの股間に顔を埋めて一心にペニスをしゃぶっている、真実子の横顔であった。

「……先生――!?」

どうにか絞り出した声に、真実子は視線をこちらに向けた。そして、たちまち顔を真っ赤にすると、ズキズキと脈打っている硬直からチュポンと口を離した。

「ゴメン。起こしちゃった？」

そういう問題ではない。だが、恥ずかしそうに頰を赤らめている理知的な美女は、ずっと年上のはずなのに妙に可愛く見えた。基紀の胸は、受けている行為のためだけでもなく、ドキドキと高鳴った。

真実子は眼鏡の位置を直すと、小さく咳払いをした。そして、

「さっきは、なんか、無理やりシちゃってゴメンね。やっぱりこういうのって、その、お互いの気持ちが大事だと思うのね。だから、えと——」

落ち着かなく視線をさまよわせながら、言葉を繋げた。

「あたし、基紀クンをもっと気持ちよくしてあげたいし、できれば、その……ふたりいっしょに——」

彼女が何を言おうとしているのか皆目見当がつかず、困惑を隠せない基紀に、真実子はその場に立ち上がると、思いきって告げた。

「セックスしない……」

あまりにストレートな言葉に、基紀は呆気にとられて憬れの女性を見上げた。

そんな彼の戸惑いにまで、真実子は思いを馳せる余裕がなかった。急くようにスカートをたくし上げると、中に手を入れてストッキングを脱ぎはじめる。

その動作に、基紀はこれから行われることをようやく理解した。

「あの、ありがとうね。あたしみたいな年上の女でも、その、好きになってくれて……」

あたふたとパンティも脱ぎ下ろし、真実子は狭いベッドに上がってきた。

「先生と生徒がこういうことするの、ホントはいけないんだろうけど、でも、あたしは基紀クンの言葉が嬉しかったし、気持ちがいっぱい伝わったから、だからあたしもちゃんと応えてあげたいっていうか、えと――」

自分でも何を言っているのか、何が言いたいのかわからなくなっていた。

そんな状態でも、真実子は基紀の腰を跨ぎ、唾液に濡れてそそり立つ勃起を逆手で握った。

やるべきことは決まっているのだ。決心が挫ける前に、早急に進める必要があった。

早くもカウパー腺液を洩らしているペニスの先端を自らの秘唇に押し当て、真実子は涙ぐんだ瞳で基紀を見つめた。

「初めてが、あたしでもいいよね?」

真摯な想いを受け止め、基紀も泣きそうな顔で頷いた。

「あの、あたしも、初めてだから――」

そう言うが早いか、真実子は聳え立つ硬直めがけて腰を落とした。

「ああっ――!!」

悲痛な喘ぎが真実子の唇から迸った。熱いヌメリに包まれた基紀が発した快美の呻きも、それにより打ち消されてしまった。

痛みは、想像したほどではなかった。ピッとどこか切れた感じがして、あとはちょっぴりズキズキするぐらいである。処女膜が案外柔軟だったようだ。

それよりも、侵入物に対する違和感のほうが、真実子を不安にさせた。タンポンも使ったことがないし、オナニーもクリトリスへの刺激だけだったから、膣に指を入れたこともなかった。その部分に、ゴツゴツした硬直がはまり込んでいる。今になって、なんということをしてしまったんだろうという後悔がこみ上げた。

一方、基紀のほうは、初めて知った女体に身も心も溺れていた。

スカートに隠れて結合している部分は見えないし、服を着たままだから視覚的にはほとんど刺激はない。

だが、熱く締めつけてくれる内部は敏感な亀頭粘膜に心地よく、彼女の息づかいにあわせてキュッキュッと収縮するのがたまらない。さらに、のしかかってくる真実子のヒップの重みと、密着している内腿のなめらかな肌触りも、少年を桃源郷にさまよわせた。

そして、憧れの女性が処女であったということも、基紀の悦びを高めていた。

(僕は、先生の初めての男なんだ——)

教師と生徒ではなく、男と女の関係になったことで、感動で胸がいっぱいになる。

(もっと、もっと先生の身体を……)

快さが、決意の昂りを確かなものにしてくれる。

強い繋がりとさらなる快感を求めて、基紀は腰を上下にはずませた。

「ああン、ダメえ……」

真実子は弱々しく喘いだ。

さすがに動かれると、傷口がピリピリと痛む。それに、中学生の発育途上のペニスとはいえ、処女地を蹂躙されるのは、内臓を掻き回されるのに近いものがあった。

だが、初めてのセックスに舞い上がっている少年に、相手を気遣う余裕などあるはずもなかった。ただ自身の快楽を追い求め、熱に浮かされたように年上の女を突き上げるのみである。

「ン、もう……」

もちろん真実子のほうも初めてだから、こんなときどういうふうに対処すればいいのかわからない。けれど、うっとりと目を閉じ、夢中で悦びを享受している少年は、妙に健気で愛しく思えた。

真実子は基紀に覆い被さると、熱い喘ぎを間断なく洩らしている唇に、自分のものを押し当てた。

「ウ……」

柔らかい感触と芳しい吐息に、基紀は陶然となった。

舌を差し入れると、真実子はそれをチュッと吸ってくれ、さらに自らも舌をからませた。甘い唾液が流れ込んでくる。芳しいそれは、少年の性感をますます募らせた。

真実子のほうも、さっき翔子と交わした口づけよりも甘美な昂りに、胸を躍らせていた。

彼女が言ったとおり、基紀とのキスはいっそう官能的で、快かった。肉体だけでなく、感情が溶け合う悦び。確かな繫がりが、抱いていたわだかまりをすべて解き放ってくれたようだ。

ふたりは、貪欲に唇を貪りあった。

そうやってキスに夢中になっていたものだから、基紀は自身が最終段階まで高まっていることに気づかなかった。

快美のきざしは、唐突にやってきた。

「ううう っ——!!」

基紀は全身をワナワナと震わせ、熱い情欲を思い切り真実子の中に放った。

「ああン……」

内部に広がる温かいモノを感じ、のけ反った真実子はやるせない声を洩らした。

そうして、がっくりと脱力したふたりは、いつまでもベッドの上で重なっていた。

3

(うまくいくかしら……?)

翔子はソファに体をあずけて、そんなことを思った。

本当にふたりが結ばれるかどうかはわからない。だが、真実子は基紀になんらかの働きかけをするだろう。それによって親密な関係になるのは確かだ。

翔子はふたりの前途に幸運を願いながら、しかし、幾許かの虚しさも感じていた。

（なんか、他人のことばっかりとり持ってる……）

気がつけば、自分のまわりには誰もいない。それがカウンセラーの宿命とはいえ、寂しさは拭えなかった。

翔子は身を屈め、ソファの下に蹴り込んだままになっていた下着を拾い上げた。脚を通そうとして、それがジットリと気味悪いくらいに湿っているのに気がついた。

（やめよう……）

汚れたパンティを向かいのソファに放り投げ、翔子はふいに、たまらなく惨めったらしい気分に襲われた。

（何やってんだろ、あたし……）

自分は何のために、スクール・カウンセラーになったのか。ここに来る前に抱いていたあの熱い思いは、いったい何だったのだろう。

このままだとすべてを見失ってしまいそうで怖かった。翔子は、自分の胸をギュッと抱きしめた。

チャイムが鳴り響く。五時間目が終了したのだ。

と、その音に紛れるように、小さくノックの音が響いた。

「はい――!?」

真実子が戻ってきたのかとも思い、翔子は慌てて立ち上がった。

ゆっくりと戸が開き、顔を覗き込ませてきたのは惇であった。


「次、何の時間なの?」

お湯を沸かしながら訊くと、

「あの、技術・家庭科です」

惇はなぜか慌てた口調で答えた。

「戻らなくってもだいじょうぶなの?」

振り返って訪ねると、彼は大きく頷いた。

「たぶん。二時間続きの木材加工実習だし、ひとりくらいいなくなっても、先生、そんなにチェックしないから」

そうやって自らのサボリを公言する姿は、かつてのオドオドした美少年からは想像できないものであった。

翔子のほうも、彼を咎めようという気持ちにはならなかった。むしろ久々の訪問が嬉しくて、心を躍らせていたのである。

「おまたせ」

お気に入りの紅茶をいれてソファに戻ると、惇はニッコリと笑い、

「ありがとう」

きちんとお礼の言葉を述べた。

美少年の爽やかな笑顔に、翔子は胸が切ないほどにときめくのを覚えた。一方で、その笑顔とは対照的なドロドロした欲望も、彼女の中でゆっくりと頭をもたげていた。

翔子は惇のすぐ横に、ヒップを密着させるように腰を下ろすと、湯気のたつカップを手渡した。

「あ、どうも……」

さすがに身をしゃちほこばらせてしまった美少年を、翔子は心から愛しいと思った。

肩を寄せ合って熱い紅茶を啜りながら、翔子は、

「今日は、どんな相談?」

それとなく口火を切った。

「相談っていうか……」

惇はモジモジと身を揺すった。察してほしいという態度が見え見えである。

「じゃあ、エッチなこと？」

翔子もいつしか胸を高鳴らせながら、美少年の横顔を見つめた。

「うん、まあ……」

心持ち頬を赤らめた惇に、翔子の官能は激しく疼いた。だが、オトナの余裕を見せつけたくて、わざと冷たい口調で、

「でも、あなたには智恵美ちゃんがいるでしょ？」

素っ気なく突き放した。

「それは……」

縋るような瞳を向けてきた惇は仔犬みたいで、ますますイジメたくなる。

「ただ射精したいだけならオナニーすればいいし、女の子が抱きたいんなら智恵美ちゃんにお願いしなさい。危険日だったら手でしてもらうとか、おしゃぶりでもしてもらえば？　そんな、人を都合のいいセックスの道具みたいに思わないでよね」

自分こそが美少年をいいように弄んでいたくせに、勝手なものである。

「でも……」

惇はモジモジしながらカップを置いて、手をポケットの中に入れた。

「先生だって、シタいんじゃないの？」

「え!?」

きょとんとしている翔子の前で惇が取り出したのは、白い布片であった。小さく丸まっているそれが何であるのかを理解するのに、少し時間がかかった。

「あ――ッ!!」

翔子の頬はたちまち紅潮した。慌てて取り上げようとしたが、惇は体を捻ってそれを隠した。

「返してっ!!」

「ヤダッ」

惇は弾かれたように立ち上がると、向かいのソファの後ろに回った。年上の女性の汚れたパンティを握りしめて――。

さっきそこに放り投げたのを、そのまま忘れていたのだ。

「ダメよ。お願い、返して」

両手を合わせての懇願も、惇は「ううん」と首を振って一蹴した。翔子がうろたえるのを、面白がっているふうであった。

惇は手に持ったものをヒラヒラと顔の側で振り回し、

「これ、すっごく濡れてるよ。ひょっとして、オナニーしてたんじゃないの？」

言われて、翔子は耳まで真っ赤になった。これでは肯定しているのも同然である。

さらに惇はパンティを裏返し、秘部が密着していた部分をあらわにした。

「ここ、ちょっと黄色くなってるよ。それに、白っぽいのがついてる」

そこに鼻を近づけ、

「先生のいい匂いがする——」

うっとりした声で告げた。

「わかったわよ、もう——」

翔子は観念するしかなかった。

「じゃ、スカート上げてみて」

ソファに腰掛けて偉そうに脚を組む美少年の前に、不貞腐れた表情で立った翔子は、命令に渋々従った。腿の半ばまでしかないミニスカートを、そろそろとたくし上げる。

（こんなことなら、濡れてるの我慢して穿いとけばよかった……）

後悔しても後の祭りである。まあ、どうせエッチがしたかったのだ。こういうシチュエーションも、案外いいかもしれない。

しかし、黒々とした恥叢が繁茂する部分が見えてくると、所詮は中学一年生のコドモである。高圧的な態度は影をひそめ、惇は目を血走らせてそこに見入ってしまった。

翔子は、そんな彼の素直な反応が可笑しくて、ちょっとからかってやろうと、いきなりスカートを捲り上げた。

「ああっ——」

びっくりした惇を尻目にくるりと後ろを向いた翔子は、脚を開いてヒップを突き出す恰好をした。

お尻には自身があった。吹き出物もなくスベスベしていて、クリンと丸い形は最高品質の桃を思わせる。風呂上がりなど時おり鏡に映してみては、自分でもうっとりと見とれるくらいであった。

「翔子のお尻は最高だよ」

初めての男もそう言って、中学校の制服姿の翔子にスカートを捲り上げさせ、パンティを腿まで下げた恰好を後ろから飽きもせず眺めていた。

中学生にして、大人の男を虜にしたヒップである。年端もいかない少年を魅惑するぐらい造作もないことだ。

成熟した女のボディラインを見せつけられ、さっきまでの勢いもどこへやら、惇は言葉を発することも忘れて、真っ白な双丘に見入っていた。

「さわってもいいのよ」

クスクスと笑いながら言うと、美少年は恐る恐る手を伸ばしてきた。

「あン……」

スベスベした肌をそっと撫でられ、翔子は擽ったさに甘い声を吐いた。

一度触れてしまうとあとは大胆になれるのか、惇は熱心に撫で回してきた。掌でスリスリと肌触りを楽しみ、時には揉むようにしたり、谷間にも指を這わせてきた。

指の動きのいやらしさは、とても中学生とは思えなかった。案外かなりのお尻好きではないだろうか。

「やあン、そこ、ダメ——」

翔子は切なげにお尻をくねらせた。惇がアヌスを指先で突いてきたからである。

だが、言わば目の前にご馳走を置かれた状態だ。そんな「おあずけ」みたいなことを言われて、素直に聞き入れられるわけがない。

惇は、今度は顔を寄せ、臀裂に鼻先を突っ込んできた。そればかりか、谷底に舌を這わせてきたのである。

「ううン……」

普段はほとんど触れることなどないから、合わせ目内部の皮膚は敏感である。そこをペロペロされたのではたまらない。むず痒さ混じりの快美がジワジワと湧き上がって、翔子はやるせなく身悶えた。

だが、クンクンと匂いを嗅がれるのを感じるに及び、翔子は、今日のお昼休みに学校で大きい方の用を足したことを思い出した。

「あ、ダメ――」

慌てて離れようとしたが、彼は両手でしっかりと腰を抱えて、それを許さなかった。おまけに、アヌスの襞をチロチロと舐めしゃぶってきたのである。

「あふ、ううン……は、あああっ――」

悦びに膝が砕けそうになる。

「先生のここ、ステキな匂いがする……」

「やン、そんな――」

羞恥で顔が熱くなる。汚れたパンティばかりか、ウンチの匂いまで嗅がれてしまうなんて。

だが、中学生の少年は嬉々として、さらに熱烈なアナルキスを浴びせてきた。舌を直腸粘膜にまで差し込み、チュパチュパとはしたない音をたてて吸いしゃぶる。貪欲というよりは、ただ無邪気なだけなのかもしれない。

あるいは、惇は女性の身体に奉仕することに、悦びを感じるタイプなのかもしれない。肛門を吸いしゃぶりながら、身の内に湧きあがってくる快美が抑えきれない様子だ。

「あ、やあん、はううっ――」

本当に腰が砕けたようになって、翔子は思わず後ろに倒れ込んでしまった。

「わ――!!」

さすがに支えきれるはずもなく、惇がソファの上に仰向けになる。翔子は、彼の顔面にまともに座り込むかたちになった。

「グ――」

ヒップの谷間で鼻面をまともに塞がれ、惇は息苦しさに呻いた。

「あ、ゴメン」

いちおう謝ったものの、ついでだからと、翔子はそのままシックスナインの体勢をとった。今度は秘唇を舐めてもらえるように、位置を調節する。

翔子の中心はしとどになっていた。合わせ目はジットリと湿り、はみ出した花弁もヌルヌルしたもので濡れまみれていた。

クンニリングスは体験済みとはいえ、成熟した女の秘園をまともに押しつけられては、やはり怖じ気づいてしまう。ムワッと鼻腔を満たす牝の匂いも生々しすぎて、智恵美を相手にするのとは勝手が違っていた。

惇は我知らずのうちに、息を止めていた。

「ちゃんと舐めてよぉ」

惇が怯《ひる》んでいることになど気づくわけもなく、翔子は情け容赦なくグイグイと濡れた陰裂を押しつけた。

さすがに息苦しくなって、とうとう惇は「プハッ」と息を吸い、その弾みで翔子の秘唇に吸いついてしまった。

「うぅン……」

敏感な粘膜に熱い息づかいを感じ、翔子はやるせなく喘いだ。

一度やってしまえば、あとは走りだしたジェットコースターと同じこと。惇はさっきまでのためらいが嘘のように、年上の美女の性器にむしゃぶりついた。

「ああ、ク……んン、あ、はあ——」

美少年の熱心な舌の蠢きに、翔子は悩ましい声を上げ続けた。

クンニリングスによる快美そのものよりも、中学生のいたいけな少年にそれをさせていることへの、精神的な充足感のほうが大きかった。背徳感、征服欲、そして、なぜか復讐を成し遂げたような満足感があった。

翔子は悦びに体を反らせながら、学生ズボンを突き破らんとするほどに盛り上がっている高まりをギュッと握った。

「ウぅ……」

惇がくぐもった呻きを洩らした。

「スゴい……」

美少年の硬直はまさに鉄のごとくで、押さえつける力をはねのけようとする弾力は、硬質ゴム以上であった。

頼もしく男らしいペニスを、翔子はズボンの上からゴシゴシと揉みしごいた。

「ふ……うう っ——」

美女のヒップの下で、惇は熱い息を吐き出しながら悶えた。膝もガクガクと震えている。

ダイレクトな反応が面白くて、翔子はペニスを愛撫する手に力を込めた。

と、高まりのてっぺん、尿道口のあたりが湿ってきているのに気がついた。

「あ、もうガマン汁が洩れてるの？」

からかうように言って、翔子はわずかにヌルヌルするその部分を、指先で執拗に撫で回した。

「ズボンの外にまで沁み出てる。すごいわ」

硬い胴体の部分を摑んでシゴき、さらに敏感な先端をグリグリとこねる。布越しの愛撫とはいえ、まだ中学一年生の少年にはかなりキツいものがあった。おまけに、顔面には魅惑的な秘唇が密着しているのである。

惇の全身を、断末魔の痙攣が走った。

「うううううっ——!!」

全身を切なげに震わせた次の瞬間、少年のペニスがグッと膨らむ。さらに、触れている高まりのてっぺんにジワッと熱いものが広がるのを、翔子は指先に捉えた。

「あふ、うううっ、ふう……」

淫唇で口を塞がれたままの美少年は、彼女の性器粘膜に熱い息を吹きつけながら昇りつめた。

猛り切っていた硬直が徐々に強ばりを解いていく。それを優しく揉みしだきながら、翔子は満足げな微笑を浮かべた。

4

「ひどいよ……」

ソファに仰向けになったまま、惇はべそをかいた。濡れたところが気持ち悪いのだろう。腰をモゾモゾさせている。

「ごめんねえ」

ちっともすまなそうではなく謝罪の言葉を述べた翔子は、彼の下半身のものを甲斐甲斐しく脱がせてあげた。

「わあ、いっぱい出してる」

ブリーフの内側が白い粘液でベットリと汚れているのを見て、翔子ははしゃいだ声をあげた。ぷうんと、青臭い匂いも立ち昇ってくる。

下着の中に射精してしまったのが恥ずかしいのだろう。惇は真っ赤になっていた。

「じゃ、お詫びのシルシ――」

翔子はザーメンまみれの萎えたペニスに、ためらうことなく唇を寄せた。

「あう……」

惇の細腰がヒクンとわななないた。

翔子は舌を出してその部分をペロペロと舐め回し、下腹にうねる精液をジュルッと啜った。さらに口の中に全体を収めて、あたたかな唾液の海に軟らかな肉棒を泳がせる。

年上の女の巧みなフェラチオに、中学生の少年はやるせなく身悶えた。最初の威勢のよさはどこへやら、今はただ襲い来る快美に身を委ねるばかりであった。

射精直後で敏感になっている粘膜を刺激され、惇のペニスは再び膨らんできた。すぐに回復というわけにはいかなかったが、軟らかいままでも体積は倍になった。

下半身丸裸で身をうち揺する美少年。それを眺め、翔子はあることを思いついた。顔を上げると、いたずらっぽい口調で告げる。

「惇クン、パンツ汚しちゃったから、もう穿けないよ。どうしよっか？」

言われて、惇は今さら困ったような表情を見せた。

翔子は脱がせた彼のズボンのポケットから、さっき奪われた自分の下着を取り出すと、

「かわりにこれ、穿いてみる?」

と、提案した。


「へえ、けっこう似合うじゃない」

今度は自分がソファに腰を下ろし、翔子は目の前の美少年を見据えて言った。

女性の下着を穿かされた惇は、両手で前を隠すようにしながら、モジモジと所在なさげであった。シャツも脱がされ、身に着けているものはその小さな布切れのみである。

最初はそんなもの穿けるわけがないと突っ撥ねた惇だったが、翔子に、

「じゃあ、このザーメンまみれのパンツ、惇クンの机の上に置いてくるわよ」

と脅され、渋々従ったのである。形勢はすっかり逆転していた。

「後ろ向いてみて」

そんな命令にも、惇は素直に従った。もともと「受け」のタイプなのである。

純白のコットンにぴっちりと包まれた美少年のヒップは、クリンと可愛らしい外観を呈していた。そこを見ただけでは、性別を判断することなど不可能だ。

「カワイイお尻……」

感に堪えないように呟いた翔子は、しばらくうっとりとエロチックな後ろ姿を眺めていた。

「ねえ、まだ……？」

注がれる熱い視線を感じてか、惇はもどかしげにお尻をくねらせ、次の指示を促した。

翔子は何も告げず、後ろからいきなり少年の腕を摑むと、そのまま自分のほうに引き寄せた。

「あ――」

バランスを崩し、惇は彼女の腿の上に尻餅をついた。

セミヌードの美少年を、翔子は背中からギュッと抱きしめた。

「女の人のパンツを穿くのってどう？　けっこうキモチいいんじゃない？」

耳たぶを舐めるような問いかけに、惇はやるせなく腰をくねらせた。

「そんな――べつに……」

否定の言葉に、

「そうかしら――」

女は前に回した手で少年の下腹部を探った。

「あン……」

猛り切っている器官を薄布の上から摑まれ、美少年は快美の喘ぎを吐いた。

「コチコチになってる。さっき、あたしがナメても立たなかったくせに」

非難がましく言って、翔子はグニグニと乱暴にペニスをこねまわした。

「あ、はう……う、ううン――」

抱きすくめられ、首筋に熱い息を吹きかけられながらペニスを愛撫される美少年は、陶然とした表情になっていた。脚を落ち着かなく交差させ、喘ぎを間断なく洩らし続ける。剝き出しの腿が、ワナワナと震えた。

「カウパーだってこんなに出てる。あ、でも、さっきのザーメンの残りかな。すっごくトロトロしてるもの」

欲望の証しが滲み出ている部分をヌルヌルと擦られ、惇はますます身悶えた。

翔子はいったんペニスから手を離すと、今度はパンティのゴムを摑んでグイッと上に引っ張った。

柔らかい布は少年の股間に喰い込み、牡器官の輪郭を淫らに浮かび上がらせる。

「ほら、こうするともっといいでしょ？」

そう言って、翔子はさらにグイグイと柔布を引き上げ、美少年のペニスに擦りつけた。

「やダ、そんな……」

惇は切なさに喘いだ。陰嚢がギュッギュッと刺激され、もどかしくも妖しい悦びがよじ昇ってくる。初めて知った快感であった。

「タマタマのフクロ、気持ちいいでしょ？　そこんとこに、あたしのオマ×コが当たってたんだからね」

猥雑な台詞に、惇は布地の湿り気の正体を今さらながら思い出した。それによって、奇妙なわななきに全身が包み込まれるのを覚える。

「ヤダ、イッちゃうよぉ……」

細腰がビクビクと痙攣する。

「え、もう!?」

やけに早いと驚いた翔子であったが、ハッハッと激しい息づかいが、彼の言ったことが事実であると証明していた。

ふいに、嗜虐的な感情が翔子の中心を貫いた。この美少年にさらなる辱《はずかし》めを与えてやりたいという思いが、女の中でメルトダウンを開始する。もう、止めることは不可能だ。

翔子はさらに力をこめて、自身の愛液で濡れたパンティを惇の股間に喰い込ませ、前後左右に揺すった。

「いいわよ、イッちゃっても。またパンツの中に精液出しちゃいなさい」

耳たぶをチュバチュバとしゃぶり、翔子は妖艶な声で彼の鼓膜を震わせた。

「でも、そんな……」

さすがに二回も洩らしてしまうのは恥ずかしいのだろう。惇は唇を噛みしめ、襲いくるオルガスムスの波を必死で追い返そうとしていた。

「ほら、我慢しなくてもいいのよ。いっぱい射精して、あたしのパンツもネチョネチョにしちゃいなさい。どうせもうカウパーでベトベトになってんだし、それにブリーフの中よりは、こっちのほうがずっと気持ちいいでしょ？」

それは確かであった。肌触りのいい柔らかい布できつく包み込まれるのは、うっとりするほどに心地よかった。今は伸び切ってお尻のほうにも喰い込んでおり、布地がアヌスを擦ることで妖しい快美も発生していた。

それに、美しい女性が穿いていたものである。おまけにオナニーをして、愛液でジットリと湿ったものだ。そんなもので敏感な一帯を刺激されたら、下着フェチでなくてもあえなく昇りつめてしまうだろう。

「あ、ダメ、ホントにイッちゃう──」

惇はガクガクと身をうち揺すった。

「いいわよ、イキなさい。精液いっぱい出しなさい」

言いながら、翔子はゴムが切れそうなほどにグイグイとパンティを喰い込ませた。

「あ、イク──、う、出ちゃうー!!」

ブルブルと全身を震わせた美少年は、生臭く濃厚なエキスを迸らせた。

「まだ大きいんだ……」

ぐったりとソファに身を横たえた美少年から汚れた下着を引き剝がし、翔子は、彼の股間のモノがいきり立ったままなのを見て感嘆した。

「あんなに出したのに──」

脱がしたパンティの内側には、二度目の射精とは信じられない夥しい樹液が、ベットリと付着していたのである。それだけ快感が大きかったということだ。そのせいで、強ばりもおとなしくならないのかもしれない。

翔子は粘液にまみれている勃起に再び舌をからめ、丁寧に舐め回した。

「んン――!!」

少年の体がヒクンと反応し、腰が浮き上がる。射精直後の敏感な粘膜を刺激され、軽い痛みを覚えているのだろう。眉間にシワを寄せている。

それでも、ペニスはさらに硬度を増し、ピンと直立した。

チュパチュパと健気な勃起を舐めしゃぶった翔子は、付着した粘液をすべて舐め取ると、自分もソファに上がって美少年の腰を跨いだ。

上向きのペニスを握り、先端を濡れている底部にあてがう。

「入れるね……」

気怠げな声で告げると、一気に腰を落とした。

「ううっ――!!」

温かな締めつけに、惇はのけ反って呻いた。

「あ、あン……」

翔子も甘い喘ぎを洩らすと、体を前に倒して少年の胸に手をついた。

（しちゃった……中学生の男の子と、セックス――）

初めてではないのに、なぜか感慨が胸にこみ上げる。三人での戯れあいとは異なり、ふたりだけでしていることが悦びを高めているのか。

翔子はゆっくりとヒップを上下させた。

「う――はあ……」

雁首の段差が内部の肉襞を擦ってくる。男の器官が自分の中に存在しているという、それだけで甘い気分に漂ってしまう。

翔子はリズミカルに腰を運動させた。

「あ、はうう……」

首を左右に振って快美を享受する美少年。気持ちいいのは惇も同じこと。絡みついてくる膣壁は、彼の悦びを確実に上昇させた。やんわりと、それでいてねっちりと締めつけてくる大人の感触。ガールフレンドとの幼いセックスでは得られない、すべてを凌駕した快感であった。

クチュ……ニュプ……ジュチュ――。

濡れた粘膜が擦れ合う、卑猥な音が響く。翔子がスカートを穿いたままなので結合部は見えないが、その音だけでセックスしているのだというリアルさが実感できた。

抜き差しされることで溢れ出た淫液はペニスから陰嚢を伝い、今ではソファにまで滴っていた。布張りだからシミになってしまう。

もちろんそんなことに気をまわす余裕もなく、ふたりは交歓に没頭した。

「あ、イク——」

思いがけず突然に、オルガスムスの波が翔子の全身を襲った。思いを遂げられた感動が、絶頂を早めたのだろうか。

「ああ、はあ——あ、ふううっ、くぅ……う、イクぅ——!!」

ハアハアと激しく喘ぎながら狂ったようにヒップを上下させた翔子は、最後に恥丘部を美少年の根元にグッグッと擦りつけた。

「イクぅ……ク、イッちゃう——あ、アアッ!!」

ヒクヒクと痙攣し、体中を蕩かす快美に感覚を四散させる。

その瞬間、「ううっ」と呻いた惇が腰をバウンドさせた。

内部の硬直がさらに膨らみ、熱い液体が放たれたのを膣奥に感じた翔子は、最後に大きく唸ってから脱力した。

惇はそっと声をかけた。

「イッたの……？」

自分の上に重なったままハアハアと喘いでいる翔子に、惇はそっと声をかけた。

「ん……」

だるそうに頷いて、彼女は唇を重ねてきた。

舌をからませ合う濃厚な口づけが続き、その間にようやく萎えた少年のペニスは、ヌルッと秘唇からこぼれ落ちた。

唇が離れると、ふたりの間に唾液の糸がきらめいた。

「ステキだったよ……」

頬を染めた年上の女性に告げられ、惇は照れくささを隠さず微笑んだ。

その時、部屋の外に誰かが近づいてくる気配がした。

（あれ？　そう言えば入り口のとこ、ロックしておいたっけ——!?）

翔子がそれを思い出す前に勢いよく戸が開けられ、

「やったわ。あたし、とうとうあの子とセックスしたのよ!!」

はしたなく感極まった声を上げたのは、真実子であった。

突然のことに、翔子はフリーズしたコンピュータのごとく固まってしまった。

ソファの上で、素っ裸の男子生徒と重なっているのである。身を隠すことはもちろん、どんな言い訳も不可能な状態だ。

真実子のほうもようやくそれに気づいて、目を丸くして立ちすくんだ。

「翔子……さん、これって、何を——？」

その問いかけが終わらないうちに、またパタパタと駆けてくる足音がする。

「ちょっと、惇クン!!　ここにいるの!?」

真実子を押し退け、急き込んで部屋に入ってきたのは、智恵美であった。

六時間目終了のチャイムが、いつもと変わらぬ音を響かせた。

5

その後、翔子はその場をとり治めるのに大わらわだった。

ボーイフレンドの浮気を目撃し、ヒステリックに怒りまくる智恵美を鎮めるのはひと苦労であったが、なんとかなだめすかしたのである。

しかし、それですべてが解決したわけではなかった。

「じゃあ、自分もヤッてたから、あたしにあんなことを勧めたワケ!?」

惇と智恵美を帰した後、説明を求めてきた真実子にそれまでのことを打ち明けた翔子は、彼女に詰め寄られた。

「いえ、そんなんじゃないわよ。あれは、あくまでもあなたたちのことを考えてのことなんだから」

「そうかしら!?」

真実子は納得がいかない様子だったが、彼女自身にも負い目があるのである。引き下がらざるを得ないようであった。

むしろ智恵美のほうが、幼いだけあってしつこかった。

「ヒドいよ、惇クンとっちゃうなんて――!」

翌日の放課後、智恵美は涙ながらに訴えてきた。

「ゴメンね。だけど、べつにとったたってワケじゃないのよ。ただ、話をしているうちになんとなくヘンな気持ちになってきて、それでついついシちゃったのよ」

「でも、三回もイッたっていうじゃない!!」

智恵美の憤りは、簡単に収まりそうにもなかった。

「あの後、惇クン、全然タタなかったんだから。訊いたら、三回も出しちゃったんだって。ついついで、三回もシちゃうワケ!?」

よけいなことまで打ち明けた少年を苦々しく思いながらも、翔子はなんとか誤魔化せないかと必死で考えた。

「あのね、ホントのこと言うと、惇クン、智恵美ちゃんとのことで、ここへ相談に来たのよ」

「あたしとのことで？」

「そう。エッチのとき、どうすれば智恵美ちゃんがもっと感じてくれるだろうかって、それを訊きに来たの」

「ええっ!?」

智恵美は顔を赤らめ、恥ずかしそうに身を揺すった。

「惇クン、そんなこと言ってなかったわよ」

「そりゃそうよ。そんなこと相談したなんて、男の子のプライドが許さないもの」

「そう……なの？」

「そうよ。惇クン、智恵美ちゃんのことをもっと愛してあげたいって、そればっかり言ってたんだから」

「そんな……」

嘘八百の作り話を、智恵美はどうやら信じ始めているようだ。翔子はダメ押しに、

「それであたしも、惇クンにイカされちゃったんだから」

これには、さすがに智恵美も驚いたようだった。

「えぇーっ!?　ウッソー!!」

「ホントだってば。智恵美ちゃんにいっぱい感じてもらいたいからって、カレ、一生懸命だったのよ。それで、あたしもとうとうイッちゃったの」

絶頂したのは本当のことだから、翔子は悪びれもせず堂々と告げた。

「それで、三回も……?」

「そうよ。それだけガンバったってこと」

智恵美は完璧に信じたらしかった。しかし、話だけで終わっては信憑性も揺らぐだろうし、わだかまりも残ってしまう。

「ね、明日の午後、ふたりでここにいらっしゃいよ。惇クンがどれだけガンバったか、証明してあげるから」

翔子は智恵美にそう提案した。

翌日は土曜日であった。

「待ってたわ。さ、どうぞ」

約束どおりやってきた智恵美と惇を、翔子はにこやかに迎え入れた。

ふたりの間に、ぎこちない空気が漂っている。惇は戸惑いをあからさまにしていたし、智恵美もどことなく気まずそうだ。頭では納得しても、感情として割り切れないものがあるのだろう。

ソファに並んで座っても、ふたりは視線を合わせようとはしなかった。

このまま何もしなければ、彼らが別れてしまうのは目に見えている。それはそれで構わなかったが、妙なしこりを残さないほうが後々のためにもいいはずだ。ここでの出来事が外部に洩れないためにも。

「そんなカタくならないでさ。ホラ、始めようよ」

この場をどのような展開でもっていくかは、昨夜のうちに惇と電話で打ち合わせをしてあった。翔子が目配せし、美少年はためらいがちに隣の少女を抱きしめた。

恥ずかしそうに俯いてしまった智恵美に唇を寄せ、惇は、

「ゴメンね……」

そう囁いてからキスをした。

立ち直りの早いのが現代っ子である。智恵美も腕を惇の背中に回すと、積極的

に唇を受ける姿勢になった。彼女のほうも、仲直りできるきっかけを待っていたに違いない。

すぐ目の前に年上の女がいることも忘れて、中学生のカップルは口づけに夢中になった。しっかりと抱き合い、顔を傾けて唇を重ねている。舌をからませ、唾液を啜り合っているのだろう。

取り残されたかたちになった翔子であるが、それを悔しいとは思わなかった。むしろ微笑ましく、制服姿で睦みあうふたりを眺めていた。

惇の手は、智恵美の胸をまさぐっていた。優しく揉みしだいた後、その手は下に降り、スカートをたくし上げてすべすべした内腿をさする。

惇がスカートの奥にまで手を差し入れたときには、智恵美のほうもズボンの上から彼の股間をまさぐっていた。もう、すっかりその気になっているようである。

「惇クン――」

翔子が声をかけると、惇はこちらを見、それから小さく頷いた。

智恵美はソファの上に仰向けにさせられた。惇がスカートを捲り上げると、女らしさを主張し始めている大腿部と、淡いイエローのパンティがあらわになる。

他人の前で男女の行為に及ぶことを、ためらっている様子はなかった。そんなことを気にする間柄ではないし、それに、中学生の彼らには、セックスする場所を見つけることも簡単ではない。こうして場所を与えられるのは、ふたりにとって願ってもないことだったのだ。

だから、惇が下着越しに秘部をなぞったとき、智恵美は誰はばかることなく、切なげに呻いた。すっかりふたりだけの世界に浸りきっているようだ。

翔子はゆっくり立ち上がると、惇の背後にまわった。覗き込むと、少年の指が蠢く股布の中心は、すでに濡れジミが浮かび上がっていた。

智恵美は時おり体をピクンと震わせ、やるせない喘ぎを洩らし続ける。

翔子がそっと肩を押すと、惇は智恵美の股間に顔を埋めた。

「あぁン……」

熱い吐息を敏感な地帯に感じ、智恵美は甘ったるい声を発した。

惇はパンティの上からクンクンと匂いを嗅ぎ、鼻面を割れ目にグイグイと喰い込ませた。

それは翔子も呆れるくらいのネチっこさだ。あのときパンティを穿かされたせいで、下着フェチになってしまったのではないかと危惧されるほどであった。

そうやって美少女の正直な秘臭を充分に堪能してから、惇は黄色い薄布を引き剝がした。

「あああっ、はあ——あ、あうン……」

ヌレヌレになって芳しい匂いを発散させている陰唇に口づけられた途端、智恵美は感きわまった喘ぎを吐き出した。焦らされていたため、つい大きな声が出てしまったようだ。

惇の舌は陰裂内部を這い回り、ツルツルした粘膜を舐めていた。愛液にまみれた柔襞に、さらに唾液を塗り込め、口のまわりをベトベトにしながら吸いしゃぶった。

智恵美は全身をヒクヒクと震わせ、身悶え、喘ぎ続けている。

美少年のクンニに、やるせなく曲げのばししていた少女の両脚を、翔子はいきなり摑み、そのまま持ち上げて彼女の体を折りたたんだ。

「ううン——」

屈曲状態になって、智恵美は苦しげに呻いた。お尻が持ち上がり、僅かにプクッと盛り上がった可憐なアヌスが無防備に晒される。

惇はためらうことなく、その魅惑的なすぼまりに吸いついた。

「やあぁーっ、ダメー!!」

羞恥の源泉に口づけをうけ、智恵美は悲鳴を上げてもがいた。脚をジタバタさせ、たたまれた体を戻そうとする。

しかし、感じていないわけではないのだ。ほどなく抵抗は止み、より悩ましげな呻きが美少女の唇からこぼれ始めた。

「ふううっ……んんっ、は、あう——っ、クくぅ……あ、あン」

真っ赤にした顔を、智恵美は切なげに左右に振った。そこには甘やかな苦悶の表情が浮かんでいる。恥ずかしい、でも、気持ちいい——。

激しい羞恥が悦びを増幅させ、いつしか少女は、割れ目からトロトロと白っぽい液体を溢れさせていた。

チュピ、チュウ、ジュル——。

惇は性器を舐めしゃぶった以上に、熱心に舌と唇を使っていた。放射状のシワをチロチロと擽り、甘酸っぱい汗の匂いのする谷底全体をペロペロと舐め、きつい淫穴に舌をこじ入れたりもした。

「あああっ、あふ、ふううっ、ク、ううっ、ン——」

少女の悩乱の呻きは、ますます激しくなる。

中学生の少年の口淫愛撫を間近で眺め、翔子は、秘部がじんわりと潤うのを感じた。

あのとき彼からアヌスを舐められた、その快感の大きさから、それを智恵美にもためしてみたらいいのではないかと思ったのである。目論見は正しかった。十歳以上も年下の少女も、襲来する底知れぬ快美に翻弄され、もはや意識すら朦朧としているようであった。

見ると、智恵美のクリトリスは包皮を脱ぎ、ピンと突き立ってツヤツヤした外観をさらけ出している。

翔子は、指先でその尖りを突いた。

「はあああああっ――!!」

智恵美の体がビクビクと激しくのたうつ。限界まで膨らんだ風船状態。ちょっと刺激するだけで、すぐに破裂してしまいそうである。

「今よ。入れてあげて」

翔子に言われ、身を起こした惇は慌ただしく下半身のものを脱ぎ去った。すでにペニスは硬くそそり立ち、先端から透明な潤みをこぼしている。

少年はヒクヒクと全身を震わせる美少女にのしかかると、一気に潤いの中心を貫いた。

「あう、ううう っ──」

肉槍はズブズフと柔肉に埋め込まれ、迎え入れた智恵美が眉間にシワを寄せて呻く。発育途上の膣は、まだ挿入は馴れていない。

「動いて──」

言われるまでもなかった。翔子の命令を待たずに、惇はピストン運動を開始していた。抜けるギリギリまで腰を引き、再び突入させる。

「あう、ううっ、あ──ンンっ、う……」

悩ましい声が、智恵美の半開きの唇から絶え間なく洩れ出た。

体内を異物で掻き回されることで、違和感を昇華させた悦びが発生する。それは快感曲線を緩やかに上昇させ、肉体を快い海に漂わせるのだ。

だが、それだけでは、性的に未成熟な少女を絶頂に導くことはできない。

翔子は指先を唾液で滑らし、ふたりの間に差し入れた。そして、さっきから自己主張をしっぱなしのクリトリスを、ヌルヌルと擦った。

「ああああっ、やあああ──はあっ、あ、あううっ!!」

智恵美の全身がガクンガクンと跳ねた。さっきから秘核はほとんど愛撫されていなかったから、性感的にはかなり焦らされた状態だったはず。そこを一気に攻撃されたのだからたまらない。

「いやあぁッ、イク――、イッちゃうよぉっ!!」

ほとんど泣き声に近い悲鳴を上げ、智恵美はますます悶え狂った。

「いいわよ、イッちゃいなさい。――ホラ、惇クンももっと速く動いて!!」

惇はパツパツと音をたてるほどに腰をぶつけた。

グチュグチュと柔穴を攪拌され、敏感な肉芽に強烈な震動を与えられた美少女は、必然的にオルガスムスの高みへ急上昇した。

「イクイクイクイクーッ!! アアッ、あ……はあぁーっ!!」

制服を着たままの体がギュンッと反り返り、少女はセックスによる初めての絶頂を体験した――。


「ちょっといいですか?」

何の前触れもなく校長が相談室にやって来て、翔子はデスクからはじかれたように立ち上がった。

「実は明日、管理主事の学校訪問があるのですが――」

勧められもしないのにソファにどっかと腰を下ろし、彼は戸惑った表情を浮かべる若いカウンセラーをふり仰いだ。

「これがもともと計画されている訪問ではなくってね。まあ、向こうから突然訪問したいと言ってきたんですわ。いちおう、教育活動の視察ということにはなっているようなんですがね」

校長は、穏やかな表情で翔子を見つめている。しかし、その眼光は鋭かった。視線に射すくめられた翔子は、何も言葉を返せないまま立ちすくんでいた
「ところで、相談活動のほうは順調ですか？」

いきなりの質問に、翔子はうろたえ、

「あ……あの、まあ、なんとか――」

曖昧な返答をするのがやっとであった。

「けっこう来室する生徒も増えているそうじゃないですか。前任者のときは元校長ということで、生徒たちも近寄り難かったみたいですが、やっぱり年が近いと、彼らも親しみが湧くんですかね」

「はあ……」

何を言おうとしているのか、いまいち意図が摑みきれなくて、翔子はまた適当に相槌をうった。

「ま、期待していますよ」

校長はよいしょと立ち上がり、そのまま部屋を出ていこうとした。

「あ、そうそう」

思い出したように出口のところで振り返り、

「管理主事も、おそらく相談室のほうを視察にくるはずですから、いちおう心しておいてください」

目だけは笑っていない笑顔を向けてきた。

「まあ、大学院を出た臨床心理の専門家ですから、そう心配するようなことはないと思いますが」

ほとんど皮肉にしか聞こえないそんな言葉を残し、校長は相談室を後にした。

(まさか——!?)

空気が抜けたように椅子に腰を落とした翔子は、校長の意味ありげな台詞にひょっとしたらと思い、慄然となった。

先週のここでの一悶着は、誰にも知られていないはずである。

(まさか、あれがバレたわけじゃないわよね……)

淫らな記憶を反芻し、翔子はもしかしたらという不安に背筋を震わせた。

思わせぶりな校長の態度といい、突然の管理主事訪問といい、何か不審を持たれていることでもあるのだろうか？　もしもそうだとしたら、問題になるのはあれら一連の逸脱行為しか考えられない。

けれど、だとしたら、どうしてバレたのだろう？

誰かがここでの淫行を密告したのか。まず疑わしいのは智恵美である。翔子が惇とセックスしたことを根に持って——というのは、有り得ない話ではない。

土曜日のセックスの後、我に返った智恵美は感動の面持ちで、

「もう、スッゴク気持ちよかった!!」

と、嬉しそうに感想を述べた。それまでのわだかまりなど、すっかり消え去ったように見えた。

「あたし、翔子さんがイクところも見たいな」

智恵美はとんでもないことを言い出し、まだ射精を遂げていないボーイフレンドと年上の女を、後背位で交わらせたのである。

翔子はスカートを捲り上げただけの恰好で四つん這いになり、美少年の勃起を後ろから挿入され、あられもなく身悶えることとなった。

自らもクリトリスを擦って希望どおりオルガスムスに達した翔子は、美少年の

精を膣奥に注がれた。

「ほら、たくさん出してあげて。翔子先生の中、ザーメンでいっぱいにしてあげるのよ」

智恵美はそう言いながら、惇の陰嚢をさすって射精を促していた。

屈辱的な体位をとらせたことといい、やはり多少は恨みが残っていたのかもしれない。

だからといって、そう簡単にチクったりはしないはずだ。そんなことをすれば、彼女にも火の粉が降りかかるのである。智恵美は、そこまで愚かではない。

同様に怪しいと言えば真実子であるが、そちらも叩けば埃の出る身。信用失墜行為を極度に恐れる彼女が、みすみす墓穴を掘るわけがない。

と、なると、関係者の口から洩れることは考えられない。では、誰か他に、ここでの不祥事を気づいている人間がいるのだろうか――？

憂いに陥った翔子であったが、答えは見つかりそうもなかった。

（ま、いいか――）

翔子はふいに、なにもかもどうでもいいという気分になった。

ここまできたら、なるようになるしかない。ジタバタしたって、何も解決しないのだ。運を天に任せよう——。

そういう考え方のできる自分が意外であった。翔子は、ここ数週間ですっかり変わってしまった自分自身に、あらためて驚きを覚えた。

真面目にカウンセラーの道を歩んできたはずが、どうしてこんな投げ遣りな人間になってしまったのだろう。これも隠されていた自分の本質なのか。あるいは環境によって作り出された、新たな人格なのか。

そうやって考え込みながらも、一方でこの状況を面白がっている自分がいるのに気づき、翔子は、ふいに可笑しさがこみ上げてきた。

(どうでもいいわ。あたしは、あたしなんだから——)

「ケ・セラ・セラ……」

小声で歌い、翔子はデスクに戻って面白くもない事務的な仕事にとりかかった。

エピローグ

「でも、まさか先生が管理主事だったなんてね」

ホテルの一室――。ベッドに腰掛けた翔子は、スーツを脱ぎかけている男を見上げて言った。

「先生、まだ四十歳ぐらいでしょ？　それで管理主事なんてすごいじゃない。出世コースを歩いてるんだね。驚いたなあ」

「驚いたのはこっちも同じさ」

男は脱いだものをテーブルに放ると、側の椅子に腰を下ろした。ほんのり頬を染めている翔子を見つめ、

「変わってない……いや、やっぱり、変わったかな」

呟くように言った。

「どう変わった？」

「ん――」

男はしばらく考え込む素振りを見せた後、

「綺麗になった、なんて陳腐な台詞は言いたくないけど、ほかに見つからないな」

真面目な顔で告げた。

「変なの」

翔子はクスクスと笑った。酔っていることもあって、かなり気分が昂揚しているようだ。

ふたりが再会したのは、ほんの数時間前であった。

「こちら、松城市教育委員会管理主事の、遠野康彦《とおのやすひこ》先生——」

校長と一緒に相談室に入ってきた男と顔を合わせたとき、翔子は目を大きく見開いて、

「先生——ッ!?」

と、素っ頓狂な声を上げてしまった。

相手の男も同じく驚いたようだった。

もっとも、さすがにみっともなく声を上げることはなかった。いや、驚愕で声が出なかったというべきか。

校長は呆気にとられ、互いにまじまじと見つめ合うふたりに戸惑うばかりだった。

「悪い担任だよね——」

遠野康彦は、翔子の中学時代の担任であった。

再会を祝してホテルのバーで乾杯をした後、翔子は早くも頬を染めて、隣に座っている元担任教師を上目遣いに見つめた。

「年端もいかない教え子の処女を奪ってさ、さんざん弄んだんだから」

「おい——」

遠野は慌てて周囲を見回し、鼻の下に人指し指を立てた。

「奪ったなんて言うなよ、人聞きの悪い。あれは合意の上でのことだったはずだぞ」

「でも、あのときあたし、まだ十二歳だったのよ」

派手な色のカクテルをクイッと飲み干し、翔子はアルコール混じりのため息をついた。

「合意の上でも、法律上は強姦罪が成立するはずだけど」

「最後までいったときには、十三歳になってただろ!?」

「でも、強制わいせつにはなるんじゃない？」

翔子は、にまっと淫蕩な笑みを浮かべた。

「セックスする前だって、あたしの体をさんざんいじくりまわしてたし。舐めたり、舐めさせたり――」

翔子は遠野の股間に素早く手を伸ばした。

「学校のトイレで無理やりフェラチオさせたのは、誰だったたっけ？」

「わかったよ、悪かった」

ズボンの上からペニスをまさぐられ、男は為す術もなく降参した。

「ま、あたしもたぶん楽しんでたんだから、おあいこなんだろうけどね」

言ってから翔子は、何が「おあいこ」なんだろうと考えた。

そういえば、自分が惇や智恵美にしたことも、まったくそれと同じことではないか。なるほど、確かに「おあいこ」だ。

「ね、先生があたしを抱いたのって、やっぱり寂しかったからなの？」

唐突な質問に、遠野は水割りを気管に入れて噎せてしまった。

「先生には奥さんもいたわけだし、セックスに飢えてたってわけじゃないでしょ？　そうすると肉体的な欲求よりも、精神的に満たされないものがあったんじゃないの!?」

「まあ、子供が産まれたばかりで、女房がそっちにばかりかかずらってたってことはあったな」

ハンカチで口元を拭いながら、遠野は言った。

「子供って、道夫クン？」

「ああ……」

今回の密告者が遠野道夫であったことを、翔子はついさっき教えられた。

惇の変化をもっとも忌々しく思っていたのは、道夫であったろう。美少年を屈伏させることで優越感に浸っていたはずが、形勢を一気に逆転されてしまったのである。

ひょっとしたら、仲間になったはずの悪ガキ連中から、つまはじきにされたのではないだろうか。陰湿な彼が、惇の身辺を探ってなんとか弱みを見つけ出そうとしても不思議ではない。

「最初は俺のところに、相談室でカウンセラーと何かヘンなことをしてるみたいだなんて言ってきてさ。こっちはまさかと思って相手にしていなかったんだが、あいつ、校長や教育委員会にもそれらしいこと書いた手紙を送りつけたんだ。それで、委員会も慌てたんだよ。ほら、若い音楽講師が中学生と関係を持ったなんてのがあったろ。それで疑心暗鬼になったみたいなんだ」

まったくもって道夫らしいやり方である。それだけ根深いものがあったということなのだろう。

「俺はスクール・カウンセラーのほうは担当してなかったからさ、若い女性のカウンセラーがいるって話は聞いていたんだが、詳しくは知らなかったんだ。実は、今日も代理で来たんだよ。担当の主事が本庁へ出張でさ。で、君の名前を見て、まさかとは思ったんだが」

「そのまさかが大当たりだったってわけね」

翔子はカクテルのおかわりを注文した。

「で?」

「え?」

「本当に、何もなかったのか?」

「さあ――」

翔子はふふんと意味ありげに微笑した。

昼間、遠野と校長を前にして、翔子は、

「そんなこと、絶対にありません。何かの間違いです!!」

きっぱりと否定した。

「では、この投書の中身は、すべてデタラメだということなんですね」

ワープロで打たれた手紙にもう一度目を通し、翔子は力強く頷いた。

道夫は、実際に現場をおさえていたわけではなかったのだ。勝手な想像だけで書いたことが、その手紙からわかった。

なぜなら、そこには智恵美のことには触れられてなかったし、惇のほうが行為の主導権をとっていたように書かれてあったからだ。ただ美少年に濡れ衣を着せて、困らせてやりたいというのが見え見えの内容であった。

本当に行なわれていたことを知ったら、道夫もさすがに仰天するに違いない。

「――まあ、委員会のほうには、事実無根だったたって報告しておくけど」

「ありがとう。恩師さままさまね」

「よせよ」

遠野は、まだ何か割り切れないものがあるようだったが、翔子は素知らぬ顔をしていた。深い関係にあった間柄とは言え、すべてを包み隠さず話す必要はない。

過去は過去のことだ。現在とは無縁のこと。

それでも、当然のごとく、ふたりはホテルの部屋に入った。

シャワーを浴び、バスタオルで包んだ体をベッドに横たえると、全裸になった遠野はゆっくりと覆い被さってきた。

ふたりは、ほぼ十年ぶりの口づけを交わした。

「あのときキミは、なんで俺に抱かれたんだ?」

遠野の囁きに、

「……わかんない」

翔子は虚ろな目で答えた。

早熟で、同級生を子供扱いしてひとり悦に入っていたあの頃。成績も優秀だったから怖いもの知らずで、背伸びばかりしている生意気な少女だった。

だからかえって、包み込んでくれる存在を求めていたのかもしれない。

「最初に誘ったのは、キミのほうだったんだぜ」

「そうだったかしら……」

あれは、朝礼で貧血をおこし、倒れてしまったときだったろうか。保健室まで抱いて運んでくれたのが、遠野だった。優しくベッドに寝かされたとき、翔子は唐突にキスをせがんだのだ。

「でも、中学生の女の子の誘いにのるなんて、先生ってロリコンだったんじゃない？」

「ん、いや……ただ、あのときのキミは妙に可愛くてさ、つい魔が差したというか──」

「一時の気の迷い？」

「……そうかもしれないな」

「それが三年も続いたってわけ？」

遠野はそれには答えず、黙って唇を重ねてきた。

ふたりの秘密の行為は、おもに校内で行なわれた。初めの頃は翔子が好奇心のままに男の体を探究していたが、そのうち遠野のほうも教師としての理性をかなぐり捨て、攻勢に転じるようになった。

理科の担当だった彼は、暗室の中で翔子の淫らな写真を撮ったり、職員トイレに連れ込んでフェラチオをさせ、精液を呑ませたりもした。

そして、中一の秋の終わりに、彼女の処女を散らしたのである。場所は理科準備室の、薬品戸棚に囲まれた一角であった。

饐えた薬品の匂いに包まれ、十三歳になったばかりの少女は、激痛に身をよじった。

「あン……」

乳首を優しく吸われ、翔子は甘い声を吐いた。

年を経て再会した男の愛撫は、より巧みになっているように思われる。もっとも、彼女自身の性感が開発されていたためもあったろう。

柔らかな肉体のあちこちに唇を這わせ、じっくりと味わいながら下降した遠野は、ふんわりと芳しい酪乳臭を発散させる女の源にたどりついた。両手の指で陰唇を左右に開き、濡れた粘膜がきらめく内部を観察する。

「綺麗だ……」

「やだ……」

あらためてそんなふうに言われると、妙に恥じ入ってしまう。

「なんだか、昔と全然変わってないような気がするな」

男関係がなかったことを祈るような口振りだった。

「あのころは、こんなに毛が生えてなかったはずだけど」

「いや、なんていうか、形がさ」

そう言って、遠野はもうひとつの唇に吸いついた。

「ああ……んン、は、あふう——」

成熟した女体をしなわせ、翔子は歓喜の声を迸らせた。

男の舌づかいは絶妙で、翔子はすすり泣きながら身悶えた。全身を波打たせ、両腿で彼の頭を締めつける。

すっかり汗ばむまでになった翔子の体を、遠野はうつ伏せにさせた。

「いいなあ、このお尻。やっぱり翔子のお尻は最高だよ」

十年前と同じ台詞を言って、中年男は若い女の滑らかな臀部に口づけた。

「あン……」

擽ったさに、翔子は背筋をピクンと震わせた。

四つん這いにさせ、お尻を突き出させると、遠野は臀裂内部にも舌を這わせた。翔子の菊座が、唾液にぬめっていく。

あのころはそこまで愛撫しなかったことを思い出し、

「——そんなとこまで舐めるなんて、先生、そんなにお尻が好きだったっけ?」

翔子は湧き上がる快美を嚙み殺しながら、震える声で訊いた。

「いや、本当はあのときもしたかったんだけどさ、いやがるかと思って」

セピア色のすぼまりを指先でこねながら、遠野が打ち明ける。

「そうなの？」

「ああ。女性は案外、こういうのに嫌悪感を持つって聞くから。女房もそうだったし」

確かにあのころの自分だったら、排泄口への愛撫など、変態的行為としてしか受け止めなかっただろう。

コンドームを装着した遠野は、四つん這いのままの翔子に後ろから挑み、濡れまみれた秘唇を深々と貫いた。

「あ、はううう――!!」

翔子はのけ反って呻いた。

やはり中学生のペニスとは違う。蹂躙してくる逞しさは比べ物にならない。腰使いにも余裕があり、悦びを知り尽くした体をじっくりと攻めてきた。

若いカウンセラーの性感曲線は、急上昇した。

翔子がエクスタシーを知ったのは、初めてのセックスから四カ月後のことであった。

「ア、なんか、ヘンになる――。あ、あアっ、はうああっ……ク、う、うう一っ!!」

春休みの理科準備室で、そのときも今と同じ後背位だったはず。制服のスカートを捲り上げただけの、猥褻な恰好であった。

あられもない声をあげてビクビクと身を震わせた翔子を、遠野は冷たい床に押し潰し、杭を打ち込むように力強いブローを浴びせてきた。

「やあ——ダメ……え、あううっ、うっ……くううっ、イッちゃう——!!」

泣き叫びながら絶頂し、翔子はそのまま気を失ってしまった。

いわば遠野によって開発された肉体なのである。彼にとっては、それこそ自分のクセの染みついた愛車を駆るようなものだろう。

今もまた、翔子は遠野の激しい抽送の繰り返しによって、絶頂の高みへ追いやられようとしていた。

「ああン、はう、ううぅぅっ——!! イッちゃうよぉ……」

悦びにすすり泣く翔子に、遠野はパツパツと湿った音がするほどに股間をぶつけてきた。肉槍が膣の柔襞を抉り、陰嚢がクリトリスに震動を与える。

「イクイクゥー、あ、アアーッ!!」

オルガスムスが脳を痺れさせ、翔子は我を失った。

「気持ちよかった？」

後始末をしながら問うと、遠野は「ああ……」と小さく頷いた。

翔子は、精液の匂いにまみれているペニスに唇を寄せた。

久しぶりに味わう初めての男のシンボル。翔子の舌が鳴った。

「う――」

遠野の腰がヒクリとわなないた。

淫らにヌメる牡器官に舌を這わせ、翔子は丹念にクリーニングを施した。さらに咥え、吸い、垂れ下がったシワシワの袋にまで唾液を塗り込めた。

夥しい射精の後にもかかわらず、遠野の肉茎は再びそそり立った。

「元気ィー」

翔子は嬉しさを隠さずに言った。

もっとも、すぐに二回戦というわけにはいかず、ふたりは寄り添って休息をとった。

「うまくなったな……」

「え？」

「フェラチオさ」

「そりゃ、先生に鍛えられたもん」

「それだけか?」

「そうよ。何で?」

「いや──」

やはり遠野は、翔子の男関係が気になっているようだ。

翔子が中学を卒業すると、ふたりの関係もそれっきりとなってしまった。

高校に入学して間もなく、翔子は上級生の男としばらく付き合った。だが、それまで大人の男と関係を持っていたわけであり、わずか二歳年上の相手など、彼女には子供も同然であった。それに、すぐに体を求めてくるデリカシーのなさも鼻につき、結局一度セックスしただけで別れてしまった。

その交際がもたらしたのは、男への幻滅のみであった。すっかり嫌気がさした翔子は、その後、とり憑かれたように勉学へ邁進していった──。

「オトコなんて、あんまり好きじゃないわ」

べつに安心させるつもりはなかったが、翔子は腕枕をしてくれている男にそう告げた。

「じゃ、女のほうがいいとか?」

「バカ」

遠野は、彼女の言う「オトコ」に自分は含まれていないと思っているらしかった。

都合のいい解釈で、すぐに気をよくしてしまう男の単純さに呆れながら、翔子は、彼の勃起に手を伸ばした。

指をからめ、軽く上下にコスる。七割ほどの硬さだったそれも、彼女の愛撫でズキズキと脈動を示し始めた。

「もう、できそう?」

「そうだな」

「じゃ——」

翔子は身を起こし、遠野の腰を跨いだ。

「すぐには出ないでしょ?」

いきり立ったペニスを、深々と膣に咥え込んだ。

「ああン……」

肉体の奥まで侵入してきた硬直に、翔子は頭の先まで貫かれたような錯覚を覚えた。

女の穴はすでにこなれ、かつて身体に刻み込まれた感覚を思い起こす。ゴツゴツした質感を、よりリアルに感じていた。

翔子はゆっくりとお尻を上下させ、甘やかな挿入感を味わった。

遠野も腰を突き上げ、乗っている若い女を揺すり立てる。

「気持ちいい――」

うっとりと目を閉じ、翔子はセックスの快感に身を委ねようとした。

「結婚しないか――？」

「え⁉」

いきなりの問いかけに、翔子は面食らった。思わず動きを止めてしまう。

「本気だよ」

確かに遠野の目は、真剣にこちらを見つめている。冗談めかしている素振りは少しもなかった。

「まさか、ヘタな不倫ドラマみたく、奥さんとは別れるからとか言い出すんじゃないでしょうね？」

「いや、女房とはとっくに離婚してるんだ」

「いつ⁉」

「キミが中学を卒業した、すぐ後くらいかな」

「それって、あたしとのことがバレたから？」

「いや――」

遠野は少し言い澱んで、

「まあ、愛情が薄れちまったってことはあるだろうけど」

「それって、あたしのせいなの？」

その問いかけに、遠野は何も答えなかった。ただ、

「道夫の親権は女房にあるんだ。俺はたまに会ってるだけで、だから、子育ての心配なんてないからさ」

そんな瑣末なことを告げた。

「……なんか、勝手なの――」

言いながら、翔子は腰の動きを再開させた。意識的に膣をキュッキュッと収縮させると、遠野は「ううっ」と呻いて首を反らせた。

（ああ、ほしかったのは、これだったんだ……）

遠野の肉棒を咥え込みながら、翔子の子宮が収縮していく。

「あ、ちょっと、ヤバイって。出ちまう――」

遠野は翔子の腿をギュッと摑み、腰をワナワナと震わせた。

「……いいよ。イッちゃっても」

息をはずませながら、翔子はリズミカルにヒップをうち揺すった。

「いいのか!?」

射精間近の蕩けそうな快美に翻弄されながら、遠野は、必死で絶頂を回避しようとしていた。

「いいわよ。たっぷり出して」

それは遠野への、それから自分自身への挑戦であった。

「ううっ!!」

ヒクヒクと全身を波打たせ、男は欲望の滾りを膣奥へ放った。

(これで何かが生まれるかしら? あたしは、本当のあたしになれるかしら――)

体内に広がる温かさに、翔子は、これによって自分自身が変われることを、心から願った。

◎『童貞と女教師　淫惑相談室』（二〇〇〇年・マドンナ社刊）を一部修正し、改題。

二見文庫

女教師《おんなきょうし》の相談室《そうだんしつ》

著者　橘《たちばな》 真児《しんじ》

発行所　株式会社 二見書房
東京都千代田区三崎町2-18-11
電話 03(3515)2311［営業］
03(3515)2313［編集］
振替 00170-4-2639

印刷　株式会社 堀内印刷所
製本　株式会社 村上製本所

落丁・乱丁本はお取り替えいたします。
定価は、カバーに表示してあります。

ISBN978-4-576-16016-0
http://www.futami.co.jp/